U0856776

Eugenie Grandet

欧也妮·葛朗台

【法】巴尔扎克◎著　杨风帆◎译

天津出版传媒集团
天津人民出版社

图书在版编目(CIP)数据

欧也妮·葛朗台 / (法) 巴尔扎克著 ; 杨风帆译.
-- 天津 : 天津人民出版社, 2016.5(2018.4重印)
ISBN 978-7-201-10255-9

Ⅰ. ①欧… Ⅱ. ①巴… ②杨… Ⅲ. ①长篇小说—法国—近代 Ⅳ. ①I565.44

中国版本图书馆CIP数据核字(2016)第073540号

欧也妮·葛朗台

OU YE NI · GE LANG TAI

出　　版　天津人民出版社
出 版 人　黄　沛
地　　址　天津市和平区西康路35号康岳大厦
邮政编码　300051
邮购电话　(022)23332469
网　　址　http: //www.tjrmcbs.com
电子信箱　tjrmcbs@126.com
责任编辑　雷雪霏
印　　刷　北京欣睿虹彩印刷有限公司
经　　销　新华书店
开　　本　880×1230毫米　1/32
印　　张　5
插　　页　8
字　　数　140千字
版次印次　2016年5月第1版　2018年4月第3次印刷
定　　价　22.80元

Nano picked up a candle to answer the door, followed by Grandet. (P22)

So Charlie brought the most beautiful hunting outfit, shotgun, hunting knife and knife scabbard in Paris. (P24)

Madame Grandet's and Eugenie's rooms were adjacent, separated by a glass door. (P36)

Next to the kitchen was a well surrounded by railings and the pulley was fixed on a curved vine. (P39)

The carriage was on its way. (P79)

A beam of light as slender as a knife edge emitted from the door, shining on the staircase railing. (P79)

The winter from 1819 to 1820 was the coldest at that time, the roofs were covered with thick layers of snow. (P103)

He ran towards the Grange, trying to sort out his messy thoughts. (P119)

前言

葛朗台是法国索尔城一个最有钱、最有威望的商人。他利用1789年的革命情势和种种手段使自己的财产神话般地增长了起来。葛朗台十分吝啬，有一套理财的本领。

1819年11月中旬，他的独生女儿欧也妮过生日。公证人克罗旭一家和初级裁判所所长蓬丰先生到葛朗台家吃饭，还带来稀有的珍品，他们都是来向欧也妮献殷勤的。当他们在欢庆生日时，突然，欧也妮的堂弟查理来到了这里。葛朗台却用了乌鸦招待查理。

查理可怜的处境得到了欧也妮的同情，查理要去印度经商。欧也妮将自己积蓄的金币六千法郎送给他。查理也把母亲给他的金梳妆匣留给她作为纪念，两人海誓山盟定下终身。查理走后，葛朗台发现女儿把金币送给查理，就把她监禁起来。这事惊扰了他的妻子，使她一病不起。葛朗台老头儿为了得到妻子的财产就和女儿讲和，但妻子一死，葛朗台就让女儿签署了一份放弃母亲遗产继承权的证件，把全部家产总揽在自己手里。老葛朗台临死前，神甫来给他做临终法事，把一个镀金的十字架送到他唇边亲吻，葛朗台见到金子，便作出一个骇人的姿势，想把它抓到手。这一下努力，便送了他的命，他死了。

1827年吝啬鬼老葛朗台死去，欧也妮继承父业，成了当地首富，人人都向她求婚，她却痴心等待查理。但是查理在海外经商，变得小气，贪婪，精于算计，自私自利，并写信与她撇清关系。他要与贵族小姐结婚，但因不肯偿还父亲的债务而受到阻碍。最后，欧也妮答应嫁给公证人的侄儿德·蓬丰，但只做形式上的夫妻，并要求他帮她用四百万法郎偿清了叔父的债务，让堂弟过着幸福、名誉的生活。她自己则幽居独处，过着虔诚慈爱的生活，并“在着数不尽的善行义举的伴随下走向天国”。

在外省的一些城市里，有些房屋的外表给人一种阴郁感，仿佛最阴暗的修道院、最荒凉的旷野和最凄惨的遗址。或许在这些房屋里同时还有修道院的寂静、旷野的枯燥无味与遗址的死亡气息。屋里的生活节奏是那么平静，若不是突然瞧见一个听到陌生人的脚步从窗口探出的一张面孔似僧侣纹丝不动、目光惨淡而冰冷的人的话，异乡人会以为这里无人居住。这种凄凉的成分笼罩着一所位于索木尔的一条凹凸不平的街道——它一直通城市高处的城堡——尽头的住宅。这条现在很少有人过往的街道，夏季炎热，冬季寒冷，有些地方还很阴暗，但却有惹人注目的地方：总是那么清洁，干燥的石子路清脆的响声，狭窄弯曲的街面以及住宅的幽静。这些房屋坐落在城墙脚下，属老城的一部分。房屋已有三百年了，尽管是木质结构但依然坚固牢靠，形式各异的外表别具一格，使索木尔的这个地段引起了考古学家和艺术家的极大兴趣。若从这些房屋前走过，人们很难不欣赏它那两端雕着奇形怪状头像的粗大的木梁，这些木梁以漆黑的浮雕形加盖在大部分房屋的底层。有些地方横梁上覆盖着石板，在摇摇欲坠的墙壁上勾画出蓝色的轮廓，房顶由木柱支撑，因年久失修，木梁下弯，因日晒雨淋而腐烂的盖板已经蜷曲。还有些地方，磨损的窗面已经变黑，精巧的雕刻变得模糊不清，看上去太轻薄已承受不了可怜的女工放在上面的石竹或玫瑰的棕色花盆的重量。再远些，是嵌有巨钉的大门，我们的祖先才华横溢，上面刻下了难以辨认的文字，其含义永远是个谜。时而，一位新教徒署名表示自己的信仰，时而一位天主教徒在上面诅咒亨利四世，也有某个布尔乔亚刻上钟形徽号以显示他过去曾在此当过地方长官的荣耀。法兰西的全部历史跃然其中。在这座工匠抹了灰的墙壁上大显其技的危房旁矗立着一座绅士的宅院，在半圆形的门框上还可看见一七八九年以来使国家动荡不已的历次革命毁坏的贵族徽章的遗迹。在这条街上，经商的底层既不是小铺子也不是大商店，对中世纪的遗风颇有癖好者会在这里发现我们的先辈留下的朴实无华的缝纫工厂，这些既无门面、橱窗，又无玻璃隔板的低矮店堂又深又暗，里外毫无装潢。厚实的大门分上下两截，粗糙地包着铁皮，上半截往里开启，装有弹簧门铃的下半截总是不断地打开关上。空气和阳光通过大门的上方或拱门与木板同窗台高的矮墙之间的缝隙中进入潮湿的岩洞式房屋，墙上嵌有坚固的百叶板，白天卸去，晚上放下，再用带螺栓的铁条固定起来。这面墙是用来摆设商品的，那里没有半点招摇撞骗之术。按照买卖的性质，陈列的商品有：满满两三桶盐和鳕鱼，几捆帆布和绳索，吊在楼板小梁上的黄铜索，沿墙挂着的箍圈以及摆在货架上的几块呢料。请进吧！一位衣着整洁、风姿绰约、头戴围巾、两臂通红的年轻姑娘放下手中的活计唤来父亲或母亲，按您的意愿，或冷淡、或殷勤、或傲慢——这由店主的性格而定——做成两个苏①或两万法郎的买卖。您也会看到一位做木桶生意的商人坐在门口，一边绕着大拇指一边同邻居聊天，表面上他只有一些劣质的酒瓶架或两三捆板条，但码头上的工场可为安茹的箍桶匠提供充足的货源。他知道如果收成好，他能卖掉多少木桶板，估计误差也就是一块板上下。艳阳天能使他致富，阴雨天能使他破产。仅一个上午，酒桶价从十一法郎可跌至六里弗尔②。这地方，像都兰地区一样，商业的行情受天气变化的制约。种葡萄的、有田产的、木材商、箍桶匠、客栈老板、船员都盼望阳光。他们晚上睡觉时生怕第二天听说夜里结了冰。他们怕雨、怕风、怕干旱，按他们的意愿，时而要雨水，时而要天暖，时而要乌云，在天公与凡人的利益之间，决斗是没完没了的。晴雨表令人们的面孔变化无常，时而忧愁，时而快活，时而高兴。从索木尔这条古老大街的这头到那头，“金子般的艳阳天”这几个字对每一家都意味着一个可观的数字。这样，每个人都会对邻居说“天上掉金路易了”，因为每个人都知道适时的阳光和雨水会给他带来多少收益。在美好季节的星期六中午，您不会在这些诚实的生意人那里买到一个苏的东西。他们都有各自的葡萄园、小园圃，所以要去乡下住两天。在那里，购进，卖出，赢利，一切都事先预计妥了，生意人还可以利用大半天时间娱乐，观察、评论、互探隐情。某个家庭

① 一法郎等于二十个苏。

② 法国古币名，最早是货币的重量单位。

主妇在邻居们没有询问她丈夫山鹑是否要煮得恰到火候的情况下是不会买的。一个年轻姑娘把头伸出窗外就必然会被游手好闲者瞧见。因此，人们的良心在光天化日下暴露无遗，就像这些难以捉摸、阴暗寂静的屋子，无半点秘密可言。人们几乎天天都在户外过日子：每对夫妇坐在门口，吃中饭，用晚餐，吵架拌嘴。他们对街上的行人都要评头论足一番，无一幸免。从前也一样，当一个陌生人来到这外省的小城镇时到处都受到嘲弄。那些有趣的故事、昂热人“想象力丰富”的雅号都由此而来。说些市井笑话是他们的拿手好戏。老城的古老宅院坐落在街的高处，从前这里住过乡绅。这所充满凄凉的住宅——我们的故事就发生在这里——就是其中之一，这是百年尘世间具有简朴习俗的人事令人肃然起敬的遗物，而这种法兰西的风俗已日渐消失殆尽。在曲里拐弯地走完了这条风景如画的街道之后——这里的细枝末节都会唤起回忆，总的印象令人陷入某种不由自主的幻想——您就会发现一个阴暗的凹陷处，葛朗台先生府邸的大门就藏在它的中央。不了解葛朗台先生的身世，就无法弄明白“府邸”这种外省称谓的含义。

葛朗台先生在索木尔是位有名望的人，那些没有在外省生活过的人对其中的因果无法了解。一七八九年，葛朗台先生——有些人称他为葛朗台老头儿，不过这样称呼他的老年人已明显减少——是一位生活相当富裕的箍桶匠，既识字，又能写会算。当法兰西共和国在索木尔拍卖教会产业时，当年四十岁的箍桶匠刚刚娶了一位有钱的木板商的千金。葛朗台带着现款和陪嫁，带着两千金路易去了区政府，把从岳父那里搞到的四百路易送给监督拍卖国有财产的一位凶恶的共和党人，从而以便宜的价格合法地——即使不算正当地——购得了该区最好的葡萄园、一座老修道院和几块分成田。由于索木尔的居民们革命精神欠佳，所以葛朗台老头儿被视为有胆识有爱国心的共和党人，一个有新思想的人，而实际上他真正关心的是他的葡萄园。他被任命为索木尔区行政委员，于是他温和的影响渗入了该区的政界和商界。政治方面，他包庇法国资产阶级大革命的贵族，竭力阻挠拍卖流亡者的家产。商业方面，他为共和军提供一两千桶白葡萄酒，换来的是原属某个女子修道院质量上乘的牧场，这本是最后一批要拍卖的产业。在执政府时期，葛朗台老头儿当了区长，办事认真，而他的葡萄园收成更好。在帝国时期，他成了葛朗台先生。拿破仑不喜欢共和党人，他派了一个贵族兼地主的人——后来被封为帝国的男爵——将葛朗台取而代之，因为他被视为戴过“红帽子”的革命党人。葛朗台失去了行政官员的荣耀，但丝毫不感到惋惜。为该城的利益，他曾让人修了几条直通他家田产的优质公路。他的房地产在丈量时占了大便宜，而且交税不多。他的不同的园圃分了等级之后，由于坚持不懈的细心经营，葡萄园成了当地最拔尖的，这个带技术性的词是说明这种葡萄园可以酿出上等好酒。他本可以为此获得荣誉团十字勋章。免职一事发生在一八〇六年，葛朗台先生当时四十七岁，妻子三十六岁，他们合法爱情的结晶——独生女儿才十岁。或许是天公看他丢了官想安慰他，这一年他先从岳母德·拉·古迪尼埃夫人、接着从夫人的外公德·拉·贝尔特里埃先生、最后从外婆让蒂耶夫人那里继承了三笔遗产，其数额之大无人知晓。三位老人视钱如命，一生都在积蓄钱财，为的是偷偷地欣赏。德·拉·贝尔特里埃老头儿把投资当作挥霍，因为从欣赏金钱中可以得到比放高利贷更多的实惠。所以索木尔人只能从不动产的进项估计他们积蓄的价值。于是葛朗台先生得到了一个我们爱讲平等也抹不掉的新贵族头衔，他成为区里“纳税最多”的人。他经营着一百阿尔邦①葡萄园，丰收年景可产七八百桶葡萄酒。他还拥有十三块分成田，一座古老的修道院，他把那里的窗户、拱门、彩色玻璃全部封死，这样既可省钱，又可保存这些东西。此外，他还有一百二十七阿尔邦牧场，那里的三千棵枝繁叶茂的白杨树是一七九三年种的。他住的宅子是私有财产，这是人们确认看得见的财富。至于现金，仅有两个人能含含糊糊估算出数额的大小：一位是负责替葛朗台先生放高利贷的公证人克律肖先生；另一位是索木尔最富有的银行家德·格拉森先生，为了此人的利益，葛朗台先生经常同他私下进行合作。尽管老克律肖和德·格拉

① 一阿尔邦等于五十公亩。

森先生掌握着在外省博得信任和财富的机密，但他们在大庭广众面前还是对葛朗台先生毕恭毕敬，使旁观者能从前者对后者的奴颜婢膝中估计出这位前区长资金的雄厚程度。在索木尔，无人不信葛朗台先生有一个私人金库，一个堆满金路易的密室，相信他半夜里瞧着一大堆黄澄澄的金子，内心的喜悦难以言表。那些吝啬鬼们看到葛老头儿的双眼显出黄金的光彩，确信此事千真万确。一个惯于从资本中赚取巨额利润的家伙的目光，就像色鬼、赌徒或阿谀奉承者的目光一样，必然要染上某些难以捉摸的恶习，鬼鬼祟祟、贪婪和神秘的行为，这一切绝瞒不过同伙的眼睛。这些黑话在某种程度上形成了一种欲望的神秘关系网。葛朗台先生令人尊敬，这是一个从来不欠别人东西的人享有的权利，这个老牌箍桶匠、种葡萄的老手能以天文学家的准确估算出何时为他的收获准备一千只桶还是只准备五百只桶。他搞投机倒把没有失过手，当酒桶比酒贵时，他总有酒桶出售，他把酒藏在酒窖里等候每桶涨到二百法郎时才脱手，而那些小业主出售他们的酒时每桶才一百法郎。一八一一年，他的收成名扬全区，他谨慎地把酒贮藏起来，慢慢地出售，结果共赚了二十四万里弗尔。说到捞钱，葛朗台就像一只猛虎，一条巨蟒：他善于躺在地上，蜷缩成一团，长时间地观察他的猎物，然后猛扑上去，张开钱袋的血盆大口吞下大量金币，随后安安静静地去睡觉，好似一条撑饱了肚皮慢慢消化的蛇，镇定自若，冷静沉着，有条不紊。看见他走过时，无人不产生既敬佩，又尊重，又恐惧的复杂感情。在索木尔，每个人不是都有过被他那温文尔雅的钢铁利爪撕碎的感觉吗？克律肖为某个想买地的人搞到了所需的款子，但息率为百分之十一；德·格拉森先生为某人的汇票贴现，却先提取了一笔可怕的利息。无论在市场上或在市民晚间的闲谈中，无时无刻不听到葛朗台先生的大名。为数不多的几个人认为，这个种葡萄老头儿的财富具有爱国主义的自豪感。所以不止一个商贩或旅店老板带着某种得意的神情对外乡人说：“先生，有上百万家产的人我们这里有两三家，可葛朗台先生本人却不知道他的家产究竟有多少！”一八一六年时，索木尔最精于算账的人估计老头儿的房地产大约值四百万。可是，从一七九三年至一八一七年间，他平均每年的收入该有十万法郎，照此可以推算出他拥有的现金数额同他不动产价值几乎相差无几。因此，在玩过一局纸牌或议论了一阵葡萄园的事后，话题又回到了葛朗台先生身上，那些有能耐的人说："葛朗台老头儿吗？他大概有五六百万吧。"要是克律肖先生或德·格拉森先生听到这话，就会说："你们这伙人比我还精，可我从无法知道他总共有多少钱！"当一位巴黎人谈起罗兹谢尔德一家或拉菲特先生时，索木尔人就会问这两位是否像葛朗台先生一样有钱。如果巴黎人轻蔑一笑予以肯定，他们就相互对视摇摇头，表示怀疑。这老家伙一切行为都被一笔巨大的财富用金钱的帷幔紧紧裹着。如果说他生活中某些特别的地方成了人们的笑柄，那么这些嘲笑和奚落早已陈旧不堪了。葛朗台的任何细微的举动都是既定的，由他说了算。他的话，他的衣着，他的手势，甚至瞪眼睛，都是当地的金科玉律，大家研究了他之后——犹如自然科学家研究动物本能的作用——就会了解他轻微举动的深沉和不露声色的智慧。"今年冬天会很冷，"有人说，"葛朗台老头儿已经戴上皮手套了，咱们也该收葡萄了。""葛老头儿买了许多橡木板，今年的葡萄酒一定少不了。"葛朗台先生从不买肉，不买面包。每星期，他的佃户们都要送来一份足够的食物：阉鸡、童子鸡、鸡蛋、黄油和小麦，以此偿还地租。他有一个磨坊出租，租用人除了交租金外，还得拿来一定数量的麦子去磨，然后把麸皮和面粉送回来。他唯一的女佣大个子娜侬，尽管已不年轻，每周六还得为全家人做面包。葛朗台先生还同种菜的房客达成协议，让他们为他供应蔬菜。至于水果，他自产的数量惊人，足以将大部分在市场上出售。他家取暖用的柴火是从田边的篱笆或烂了一半的老树上砍下来的，由佃户们锯开装上车运进城，并讨好地把柴火在柴房里堆放整齐以博得老头儿的几声道谢。外人知道的他家的花销，仅有祝圣面包，妻子和女儿的衣着，租用教堂的椅子费，蜡烛费，大个子娜侬的工钱，锅子的镀锡费，税金，房屋维修费和庄园的开支。他把前不久买的六百阿尔邦树林交给一位邻居照管，并答应向他支付一点补贴。只是在买下这片树林后他才开始吃野味。此人举止朴实、少言寡语。一般来说，他总喜欢用短小精悍的格言式警句，语气柔和地发表看法。自大革命——这是他引人注目的年代——以来，一旦需要发表长篇大论或讨论问题，他就会结结巴巴、语无伦次，令人讨厌。这种口齿不清、条理不明、逻辑混乱以及把他的思想弄得稀里糊涂的废话被认为是缺乏教育所致，实际上都是装出来的。上述情形将在本故事中的一些情节中给予足够的说明。他有四句像代数公式一般准确的话常常用来解决生活上和生意上的一切困难："我不知道，我不能够，我不愿意，等等看吧。"他从不说是或不是，也绝不留下文字的东西。别人同他说话，他冷冷地听着，右手托着下巴，右肘放在左手臂上，无论何事，一旦主意拿定，八匹马也拉不回来。鸡毛蒜皮的小生意他也要考虑许久。经过一番巧妙的谈话后，对方把内心深处的奥秘全都吐露给他却还以为守口如瓶，他反而说："未征求我夫人的意见我不做任何决定。"被他像奴隶般对待的妻子是他生意上极方便的挡风墙。他从不去别人家，既不吃请，也不请吃。他从不发出声响，似乎一切都要节省，甚至连动作也不例外。出于对他人财产坚定不移的尊重，他从不乱动别人家的东西。然而，尽管音色柔和，举止稳重，但他那箍桶匠的谈吐和习惯尤其在家中时有流露，在外会稍加收敛。从体格上讲，葛朗台身高五尺，膀大腰圆，小腿肚很粗，多节的膝盖骨，宽肩膀。黝黑的圆脸上布满了麻点；尖下巴，嘴唇毫无曲线，一口白牙；他的双眼显出沉静和恐惧，犹如人们所说的蛇眼；额头上布满皱纹，隆起部分意味深长。那些同葛朗台先生开玩笑不知轻重的年轻人说他的黄灰色头发闪耀着黄金和白银的光泽。肥大的鼻头上长着一个青筋毕露的肉瘤，庸俗的人不无道理地说这肉瘤里隐藏着奸诈。这副尊容显出危险的细腻、冰冷的正直和利欲熏心，这一切都集中在吝啬的乐趣和唯一的掌上明珠——他女儿欧也妮的身上。姿态、举止、步履，他身上的一切都说明他只相信自己，这种自我信任是他生意上的成功养成的习惯。所以，尽管葛朗台先生表面上很随和，而实际上却有坚如磐石的性格。他的穿着总是一成不变，同一七九一年没什么两样。脚穿一双用皮绳子系着的笨重皮鞋，一年四季穿一双厚厚的羊毛长袜，一条带银扣的栗色粗呢短裤，上身是一件扣得严严实实的黄棕色相间的丝绒背心，外面是一件下摆宽大的栗色外套，脖颈上系着黑领带，头戴一顶公谊会教徒的帽子。他的手套同宪兵的一样结实，要戴二十个月，为保持清洁，经常用特定的手势把手套放在帽檐的固定位置上。索木尔的居民们对这位人物的了解仅此而已。

只有六位居民有资格出入他家。头三位中最重要的人物是克律肖先生的侄子。自从被任命为索木尔初级审判所所长以来，这位青年人在克律肖氏上又加上了德·蓬丰的姓氏，并竭力要使蓬丰的姓氏胜过克律肖。他甚至已开始用克·德·蓬丰来签名了。鲁莽的诉讼人若称他“克律肖先生”，就会在出庭时很快发现自己的愚蠢，那些称他“所长先生”的人可受到法官的袒护，而对称他为“德·蓬丰先生”的马屁精则报以最优雅的微笑。所长时年三十有三，拥有一处叫德·蓬丰的庄园，岁入七千里弗尔。他还在期待继承他两个叔叔的遗产，一个是公证人，一个是神甫——一位杜尔的圣·马丁教士会的显赫人物。这两人被认为是相当富有的。这三位克律肖有不少亲戚做后盾，在城里有来往的就有一二十家，他们结成一个党派，犹如从前佛罗伦萨的梅迪西家族。同梅迪西家族一样，克律肖家族也有他们的巴齐与之敌对。德·格拉森夫人——有一个二十三岁的儿子的母亲——常来陪葛朗台夫人玩牌，希望他的宝贝儿子阿道夫能同欧也妮小姐结为秦晋之好。银行家德·格拉森先生对妻子的手段给予强有力的支持，其办法是不断暗中为老吝啬鬼效劳，而且总是恰到好处。这三位德·格拉森同样有他们的同党、亲戚和盟友。在克律肖家族一方，被称为家族中的“塔烈朗”的神甫有当公证人的兄弟支援，决心要同银行家夫人争个高低，盘算着要把葛朗台的一大笔遗产留给他当所长的侄子。克律肖同德·格拉森两家以得到欧也妮为代价的明争暗斗引起了索木尔各阶层的极大关注。到底欧也妮小姐将来是嫁给所长先生呢，还是嫁给阿道夫·德·格拉森先生呢？对这个问题，有些人的回答是葛朗台先生既不会把女儿许给前者也不会许给后者，据他们说，野心勃勃的老箍桶匠试图找一个法国贵族院议员做他的乘龙快婿，葛朗台家每年三千里弗尔的进项会使这位新郎官接受他过去、现在和将来的全部酒桶。另一些人则认为，德·格拉森夫妇是极富有的贵族，阿道夫是一个风度翩翩的高贵男子，除非他的袖筒里藏着一位教皇的侄子，这桩门当户对的亲事一定会使出身低微、全索木尔城都见过他手持削刀并且戴过“红帽子”的人心满意足。那些最明事理的人指出，克律肖·德·蓬丰先生可随心所欲地出入葛朗台家，而他的竞争对手只有星期天才受到接待。一些人认为德·格拉森夫人同葛朗台家的女眷们的关系要比克律肖家更密切，所以她的游说迟早会使她大功告成。另一些人们则认为克律肖神甫是世界上最善阿谀奉承的人，女人和出家人相对抗只能打个平手。“他们可谓旗鼓相当，各有千秋。”索木尔的一位才子如是说。地方上更了解内情的老一辈人说，葛朗台一家精明过人，绝不会让自家的财产落到外人手里，欧也妮小姐定会嫁给巴黎有钱的葡萄酒批发商葛朗台先生的儿子。对此，克律肖和德·格拉森两家的党羽的看法是：“一来兄弟俩三十年来只见过两次，二来巴黎的葛朗台先生对儿子有更高的期望，且本人又是巴黎一个区的区长、国会议员、国民自卫军上校、商业法庭的法官；他不承认索木尔的葛朗台家，声称要同受拿破仑恩宠的某公爵家联姻。”方圆七八十里，甚至从昂热到布洛阿的驿站里人们无不谈论一位财产的女继承人。一八一八年初，克律肖派在一件事情上明显地占了德·格拉森派的上风。弗罗瓦丰的一块田庄以其猎场，令人赞叹的别墅、农庄、小溪、池塘和森林名扬四方，其价值约三百万法郎，年轻的弗罗瓦丰侯爵因急需资金不得不将田庄出售。克律肖公证人，克律肖所长，克律肖神甫在他们党羽的协助下，成功地阻止了分块出售田庄的念头。公证人告诉年轻人在得到每块地价前同得标人有打不完的官司，所以最好把田产卖给葛朗台先生，他可是既能买得起又能付现款的人，年轻人被说服后就同他做成了一笔极合算的交易。于是侯爵那块漂亮的田产就被送进了葛朗台先生的嘴里，老头儿办完手续后立即付款，钱货两讫。此举令索木尔全城瞠目，而且消息远传至南特和奥尔良。葛朗

台先生趁有事去乡下之机顺便搭车去视察田庄，在以主人的身份对自己的田产瞥了一眼后马上返回索木尔，他坚信这次投资有五分利，并有了一个将他的全部家产并入费罗瓦丰田庄使其扩大的妙主意。然后，为了重新填满他那几乎空空如也的金库，决定把他的树林、森林全部砍光，还要采伐牧场上的白杨树。

现在就不难明白葛朗台先生的府邸这种称谓的全部价值了，它是一座位于城市高处、被坍塌的城墙遮蔽的昏暗、阴森、宁静的宅院。构成门框的两根柱子和拱窿同屋子一样是用石灰岩建的，这是一种洛亚河特产的白石，质地松软，平均寿命不足二百年。受恶劣气候古怪地侵蚀磨损形成的无数大小不一的洞眼使门拱和门框侧柱看上去好像法国建筑业用的虫迹状石头，也有点像监狱的大门。在拱门上方有一长条硬石刻浮雕，代表四季，形象已被腐蚀、变黑。在浮雕突出的勒脚上长满了野草，黄青草、旋花、车前草，还有一株长高了的小樱桃树。用实心橡木做成的棕色大门已经干裂，缝隙到处可见，表面上似乎不大结实，而实际上却被一排绘有对称图案的螺钉牢牢地固定着。在独扇大门的中间有一个方形的小铁栅栏，密麻麻的铁条因生锈而变红，铁栅栏上有个吊环，上面拴着一把锤子，敲门时就打在一颗奇形怪状的大钉子头上。这把长方形的锤子，像我们的祖先所说的能敲钟的金属人像，又好似一个巨大的惊叹号。经过仔细端详，一位古董商会从中发现锤子曾经呈现出小丑像的形迹，因年深月久变得模糊不清了。那个铁栅栏是国内战争年代用来探望来访客人的，现在好奇心重的人从那儿可以望见阴暗的绿色拱门深处有几级损坏了的台阶向上直通花园，花园四周十分别致地围着厚实又潮湿的墙，上面布满了渗出的水珠和一簇簇半死不活的小灌木。这些围墙曾是城墙的一段，有几家邻居的花园就建在上面。在楼的底层，最大的一间就是“大厅”了，入口处在车门的拱门下面。在安茹、都兰和贝里的小城镇里，很少有人了解“大厅”的重要性。大厅同时兼作前厅、客厅、书房、小客厅、餐厅，它是日常活动的场所，是全家共用的房间。区里的理发匠每年在这里给葛朗台先生理两次发，也是葛朗台先生接待佃户、神甫、区长和磨坊伙计的地方。厅里铺着地板，两扇窗户临街。从上到下装着古式线脚的灰色护壁板。天花板的横梁暴露在外，同样被漆成灰色，横梁间的缝隙用白色废棉——现在已发黄——填得满满的。壁炉台上摆着一座古老的嵌有鳞片的阿拉伯式铜钟。壁炉台是用雕刻粗糙的白石砌成的，上面放着一面暗绿色的镜子，两边呈斜面以显出镜面的厚度，嵌着金银绿图案的钢框上闪着耀眼的光芒。放在壁炉台两边的两盏黄铜烛台有双重用途：去掉当托盘用的一束玫瑰花——它的主枝同镶着铜边的蓝色大理石台座搭配得恰到好处——烛台座就成了一盏日常用的烛台。古色古香的坐椅用绒绣裹着，上面的图案表现的是拉·封丹的寓言。不过要想说出寓言的主题没有点学问是办不到的，因为它的光泽已经褪尽，图案上尽是补丁，很难看出真面目。在大厅的四角，放着做碗橱的墙角柜，顶上是几块积满污垢的阁板。一张镶着细木上面画着棋盘的旧牌桌放在隔开两扇窗户的壁板中间。牌桌上方的壁板上挂着一只椭圆形的晴雨表，黑框周围饰以包金木边，苍蝇在上面肆虐，包金就倒霉了。在壁炉对面的板壁上挂着两幅水粉肖像画，一幅据说是葛朗台夫人的祖父，身着中尉军服的德·贝拉尔特里埃先生，另一幅是坐在软圈椅上的让蒂埃夫人。两扇窗户的窗帘用料是杜尔产的红绸，两边用饰带做的流苏吊起。这种同葛朗台的习惯极不协调的豪华装饰以及镜框、座钟、绒绣面的家具和粉红色的壁角橱在买房时早就有了。离门最近的那扇窗户下有一把草垫座椅，椅脚下放着垫板将椅子升高，使葛朗台夫人看得见外边的行人。一张褪了色的小针线桌把整个窗洞全塞满了，旁边放着欧也妮的小扶手椅。十五年来，从四月至十一月，母女俩每天都是在这里静静度过的，手里拿着永远干不完的活计。十一月的头一天，她们就挪到壁炉边过冬。只有在这一天，葛朗台才允许家人在大厅里生起火，三月三十一日熄火，不理会春寒和秋凉。家里有一只大个子娜侬千方百计保存下来的脚炉——里面的炭火是从厨房里弄来的，这只脚炉使葛朗台母女俩得以熬过四月和十月最寒冷的早晨和夜晚。洗全家的内衣都是母女俩的活，她们像女工那样拼命地干，以致欧也妮想为母亲绣一条衣领都不得不采取欺骗手段从父亲那里搞来几支蜡烛利用睡觉时间去做。多年的习惯使守财奴亲自给女儿和娜侬分发蜡烛，就像他每天早晨分发一天所需的面包和其他食物一样。

大个子娜侬或许是世上唯一能够忍受主人专制的人。全城人都很羡慕葛朗台夫妇有这么一个女佣。之所以叫她“大个子娜侬”是因为她身高五尺八寸。她在葛家干活已有三十五载。尽管工钱只有区区六十里弗尔，但她仍被视为索木尔城里最有钱的佣人。每年六十里弗尔的工钱积攒了三十五年，最后居然在克律肖公证人那里存了四千里弗尔做她的终身年金。大个子娜侬这笔长年不断的积蓄看来是一个巨大的数字。女佣们看到这个六十岁的可怜女人晚年生活有了保障都十分妒忌，却没想这是她用辛勤的劳动换来的。二十二岁上，可怜的姑娘只因长相丑陋而找不到干活的人家。当然这种情感有失公正：要是她的脸长在一个掷弹兵的头上一定会令人赞叹不已。总之，人们说，任何事情都该有个适合性。她放牛的那家农场着了火，她被迫离开，仗着体格健壮有勇气不怕吃苦的精神来到索木尔城里找活干。那时葛朗台正想着成亲的事，已经为此购置了各种生活必需品。他发现了这个在家家吃了闭门羹的女孩子。他以箍桶匠的身份审视姑娘的体魄，她力大如海格立斯；站在那里活像一棵六十年树龄的橡树，坚不可摧，背宽腰圆，有一双马车夫的大手，为人正直可靠的禀性就像她的贞操一般纯洁无瑕。葛朗台猜得出从这样一个女子身上能获得多大的好处。娜侬军人气派的脸上长满的疣、褐色的皮肤、健壮有力的臂膀和褴褛的衣衫都没有使箍桶匠望而却步，因为他此时还处在春心欲动的年纪。他为可怜的姑娘提供衣着、鞋袜和食宿，给她工钱，让她干活却不过分虐待她。大个子娜侬受到如此待遇，高兴得偷偷哭了，便忠心耿耿为箍桶匠卖力，而他就像封建农奴主一样榨取她身上的油水。娜侬包揽了全部家务活：做饭、洗衣、去罗亚河边洗衣服，然后把洗好的衣服扛回家。她起得早，睡得晚。收获季节，她负责料理工人们的饭食，并监视他们的越轨行为。她像一条忠实的狗保护着主人的财产。总而言之，她对主人的信任几乎到了盲目的程度，毫无怨言地绝对服从他各种离奇古怪的想法。在著名的一八一一年，收获时的辛苦闻所未闻，在干了二十年之后，葛朗台把一只旧表送给娜依，这是她从主人那里得到的唯一的礼物。尽管他把穿旧的鞋子给了她（她穿着也合适），但这种三个月一次得来的鞋不能被看作是礼物，因为鞋已经被穿得破烂不堪了。生活上的贫困使这个可怜的姑娘变得吝啬之极，以致葛朗台最终像喜爱一条狗似的喜欢她，娜依本人也心甘情愿地让主人把一条带刺的链子套在自己的脖子上而不再感到疼痛。假使葛朗台抠门把面包切得过小，她也绝不抱怨。家里有一套严格的制度，没有人闹过病，娜依很高兴享受这种卫生条件带来的好处。后来娜依就成了家中一员：葛朗台笑，她也笑；她同葛朗台一起发愁、挨冻、取暖、干活。在如此平等的条件下能获得多少甜蜜的补偿啊！她在树下吃桃子、李子、油桃，从不会受主人的责备。在果实多得把树枝压弯的年景里，佃户们不得不拿去喂猪时，主人就会对她说："喂，娜依去吃个够吧！"对于年轻时受过虐待后来被人出于善心而收留的穷乡下姑娘来说，葛朗台老头儿令人生疑的微笑好似一束明媚的阳光。况且娜依淳朴的心灵和简单的头脑只能容下一种感情、一种念头。三十五年来，她总是光着脚、穿着破衣烂衫来到葛朗台老头儿的工场前听箍桶匠对她说："你要什么，我的宝贝？"而她的感激之情也总是那么单纯幼稚。有时候，葛朗台想这个可怜的女人从未听过一句奉承话，对女人的各种温柔的感情一无所知，将来有一天站在上帝面前应审时要比圣母玛丽亚还要贞洁，于是便动了恻隐之心，瞧着她说一句："可怜的娜依！"他的感叹总会招来老佣人难以形容的目光。不时挂在嘴边的这句话长久以来形成了一条不中断的友谊链条，每说一次就为链条加上一环。这种来自葛朗台内心深处又被老姑娘甘愿接受的怜悯包含着难言的、令人可怕的东西。这种在老箍桶匠内心激起无限乐趣的残酷而又吝啬的怜悯就是娜依的全部幸福所在。谁不会说"可怜的娜依！"这句话呢？上帝能从声音的变化和神秘的惋惜中辨认出它的天使。索木尔城里有许多家庭的佣人待遇要好一些，但他们的主人却得不到满意的回报。从中又冒出这种话来："葛朗台是怎么搞的，娜侬对他如此体贴？她简直肯为他赴汤蹈火！”厨房临街的窗户装有铁栅栏，它总是那么干净、整洁、冷漠，这才真正是守财奴的灶房，任何东西也不会被糟蹋。当娜侬洗好餐具，收拾完残羹剩饭，熄灭灶火后，就离开同大厅隔着一条走廊的厨房来到主人跟前纺麻。晚上全家人用一支蜡烛就足够了。女佣睡在走廊尽头的一间破屋里，通过格子窗户才有点亮光射进。她强壮的身体睡在黑洞般的破屋里没受到任何损害。从这里她可以听见昼夜都静悄悄的屋里传出的细微响动。她像一只警犬，睡觉须竖起耳朵，休息也得保持警惕。

住宅其他部分的描写将同故事情节的发展同步进行。但仅对楼下最豪华的大厅的描述，就不难想象楼上的寒酸了。

一八一九年十一月中旬的某天傍晚，娜侬才第一次生火，这年秋季天高气爽，阳光明媚。那天是克律肖和德·格拉森两家都非常熟悉的日子。于是敌对双方共六人全副武装来到大厅聚会，看谁表现出更多的友情。早上，全索木尔城的人看见葛朗台母女在娜侬陪伴下去教堂做弥撒，使人想起这天是欧也妮·葛朗台的生日。所以，在算准晚饭该吃完的时间后，克律肖公证人、克律肖神甫和德·蓬丰先生就急忙抢在德·格拉森一家之前来到葛朗台家向葛朗台小姐表示祝贺。三人都带来了他们小温室培育出的大束鲜花。所长欲献上的那束花的花梗上巧妙地裹着饰以金穗子的缎带。葛朗台先生按照往日对欧也妮生日这个难忘的日子的习惯，一大早就来到女儿床边郑重其事地为她献上做父亲的礼物。十三年来，这件礼物总是一枚样式奇特的金币。葛朗台夫人通常送给女儿的生日礼物是一件冬裙或一件夏裙，这要视情况而定。这两件衣裙连同过元旦和父亲自己的生日时送的金币，她这小小的进项约合一百埃居，葛朗台就喜欢看女儿把钱攒起来，这只不过是把他钱箱里的钱放进另一只钱箱罢了。这样亦可培养他的继承人的吝啬，他有时一边询问女儿财产的数目——其中有一些是过去从德·拉贝尔特里埃家得来的——一边对她说：“这是你将来陪嫁的‘杜赞’①。”积攒“杜

① 法国古币名，约合二十分之一法郎。

赞”是一种古老的习俗，在法国中部的一些地方仍然被神圣地保留着。在贝里、安茹一带，当姑娘出嫁时，娘家或婆家总要给她一只钱袋，里面装着十二枚钱币，或十二枚“杜赞”，或一千二百枚银币或金币，要视家境而定。最穷的牧羊女出嫁也得有“杜赞”，哪怕只有几个小钱也好。在伊苏登，至今人们还在谈论我也说不上的送给一位有钱的女继承人的“杜赞”，共有一百四十四枚葡萄牙金币。教皇克雷蒙七世把他侄女卡特琳娜·德·梅迪西嫁给亨利二世时送给她一打最值钱的古代金质奖章。吃晚饭时，看到女儿穿着新衣裙更加光彩照人，葛朗台乐不可支，嚷道：“既然是欧也妮的生日，那咱们就生上火吧，这会是个好兆头！”

“小姐年内定会出嫁的。”大个子娜侬边说边把吃剩的鹅肉——箍桶匠家的珍禽——撤走。

“我看索木尔城里没有适合她的人。”葛朗台夫人胆怯地望着丈夫说。依她的年龄，这种目光说明这可怜的女人在丈夫的奴役下痛苦地生活着。

葛朗台打量着女儿，高兴地喊道：“这孩子今天刚满二十三岁，该是咱们操心她的终身大事的时候了。”

欧也妮同母亲暗中默默地交换了一下眼色。

葛朗台夫人干瘦、笨拙、迟钝、面色蜡黄像木瓜，似乎生来就是受虐待的女人。大骨骼、大鼻子、大额头、大眼睛，乍看上去，很像既无味又无汁的蔫果子。她的牙齿黑而稀，嘴巴布满皱褶，下巴像木底靴。这是一位杰出的女人，真正的德·拉·贝尔特里埃家族的人。克律肖神甫很善于找机会告诉她，说她早先长得并不难看，她就信以为真。天使般的温柔，不亚于被顽童捉弄的虫蚁的忍耐，罕见的虔诚，善良的心，始终不变的心境的平衡，这一切使她受到普遍的同情与尊重。丈夫给她的零用钱一次从不超过六法郎。虽然外貌不雅，但她的嫁妆和继承的遗产就为葛朗台带来了足足三十万法郎。但她却总感到自己在家里没有地位，受人支配，丢脸之极，她温柔的心灵无法对此抗争。她从不向别人要一分钱，也不会对公证人克律肖要他签字的文件表示异议。这种藏匿于心中的愚蠢的傲慢与心灵的高贵——葛朗台对此不但不了解反而常常伤害它——支配着这个女人的言行举止。葛朗台夫人经常穿着一件绿利凡庭绸做的长裙，一般得穿一年，脖颈上系着一条白布围巾，头戴一顶手缝的草帽，腰上总围一条黑塔夫绸围裙。由于不常出门，她穿鞋不费。总之，她从不为自己添置任何东西。有时，葛朗台想起上次给妻子六个法郎已过了许久觉得过意不去，于是在出售当年的收成时不忘为她要几个发卡。荷兰或比利时商人买葛朗台的葡萄酒时总要给她四五个金路易，这就是葛朗台夫人一年中最宝贵的收入。可当她得到这几个钱之后，丈夫往往会对她说，仿佛他们的钱包是公用的："能借我几个子儿吗？"可怜的女人能为她男人——听忏悔的神甫告诉她这是她的老爷和主人——效劳感到无比高兴，便把自己的积蓄拿出一些给他，这样一个冬天下来，把买饰针的钱又还回去不少。葛朗台从口袋里掏出每月用来零花买针线和衣服的五法郎，扣好钱袋，从不忘记问妻子："你这当妈的，想要点什么？"

"老伴儿，等等看吧。"葛朗台夫人回答，她觉得自己该有做母亲的尊严。

无价值的崇高！葛朗台自认为对妻子很慷慨。那些遇到像娜侬、葛朗台夫人和欧也妮这些人的哲学家不是有权认为奚落是上帝的本性吗？在初次谈及欧也妮的婚事的那顿晚餐之后，娜侬去葛朗台房间拿一瓶黑茶藨子酒，下楼时几乎摔倒。

"真是个大笨蛋，"主人说，"你也会摔跤，你？"

"先生，是您的楼梯不结实嘛。"

"她说得对，"葛朗台夫人说，"你早就该让人来修了。昨天，欧也妮也差点扭了脚。"

"那好，"葛朗台见娜侬脸色发白就对她说，"既然今天是欧也妮的生日，你又差点摔倒，就喝杯酒压压惊吧。"

"说实在的，这可是我拿老命换来的，要是别人，酒瓶恐怕早被打碎了，我宁肯摔断颈骨，也得把瓶子举得高高的。"

"可怜的娜侬！"葛朗台边说边给她倒酒。

“摔痛没有？”欧也妮瞧着她关切地问。

“没有，跌倒时我硬撑住了。”

“哎！那好吧，既然今天是欧也妮的生日，我就把楼梯修修，”葛朗台说，“你们这些人就不知道挑结实点的地方落脚。”

葛朗台拿起烛台，去烤面包的房里找木板、钉子和工具，让妻子、女儿和佣人待在从壁炉的烈焰中射出的光亮里。

“需要帮忙吗？”娜侬听见他在楼梯上敲打，问了一声。

“不要！不要！我能行。”老箍桶匠答道。

正当葛朗台亲自修理虫蛀了的楼梯，拼命吹着口哨回忆年轻时的往事时，三位克律肖先生敲响了他家的门。

“是您吗，克律肖先生？”娜侬边问边隔着铁栅栏朝外张望。

“是我。”所长答道。

娜侬开了门，壁炉的亮光映在门拱上，为三位克律肖先生照亮了大厅的入口处。

“啊！你们是来贺生日的。”闻到了花香的娜侬说。

“对不起，先生们，”听出是朋友们的声音，葛朗台叫道，“我就来！不是吹牛，我正在亲自动手修楼梯呢。”

“干吧，干吧，葛朗台先生。烧炭匠在家也是市长。”所长的话是一句谚语，他为自己的影射暗自发笑，而别人却丈二和尚摸不着头脑。

葛朗台母女站了起来。所长借大厅的昏暗对欧也妮说：“小姐，请允许我在您生日之际祝您年年幸福，岁岁平安，身体健康！”

他为她献上了一束索木尔城少见的鲜花，然后抓住小姐的肘臂在她的脖颈两边吻了一下，他的得意劲儿羞得欧也妮无地自容。像一颗生了锈的大钉子的所长以为这样就是向女人求爱。

“请别拘束，所长先生，”葛朗台说着走进大厅，“过节么，该怎么就怎么！”

“可是，同小姐在一起，”手里捧着一束鲜花的克律肖神甫说，“我侄儿觉得天天都在过节。”

神甫吻了吻欧也妮的手，公证人克律肖却结结实实地在姑娘的

腮帮上吻了一下，说：

“岁月如流水，转眼又是一年了。”

葛朗台对玩笑话从不放过，只要觉得好笑，就不厌其烦地说个没完，他把蜡烛又放回到座钟上，说：“既然是欧也妮的生日，咱们就把大蜡烛点上吧！”

他小心翼翼地取下枝形烛台上的管子，在每个台座上放了托盘，从娜侬手里接过一根用纸裹着的新蜡烛，插进洞眼，放稳，点着，然后走过来坐在妻子身边，把他的朋友、女儿和两支蜡烛轮流打量一番。克律肖神甫矮小肥胖肉墩墩的，红棕色的假发又扁又平，长着一副好赌的老太婆的面孔，穿着系有银搭扣的结实鞋子，他把脚往前一伸，问道：“德·格拉森一家还没来吗？”

“还没有。”葛朗台说。

“那他们会不会来呢？”老公证人满是疙瘩的脸做了个怪相，问道。

“我想会来的。”葛朗台夫人回答。

“您的葡萄收完了吗？”德·蓬丰所长问葛朗台。

“全收完了！”葛朗台说着站起身来在大厅里来回踱步，他挺起胸脯时的动作同他说“全收完了”四个字时一样充满着傲气。从通向灶房的门望去，他看见娜侬坐在火旁，点着蜡烛准备纺麻，这样她就不介入过节的场合。“娜侬，”他叫了一声走进过道，“你能熄了灶火和蜡烛到我们这里来吗？真是的，那么大个厅，还怕没你的地方！”

“可是，先生，你们那儿全是贵客啊！”

“你不是在抬举他们吧？他们可都跟你一样是亚当造出来的。”

葛朗台走到所长面前问他：

“您的收成卖掉了吗？”

“没有，老实说我想留着。如果现在是好酒，那过两年更是上等货了。您是知道的，地主们发誓要坚持议好的价格，今年比利时人占了咱们的上风，他们现在走了，嘿，好啊，迟早还会回来。”

“对，咱们得顶住。”葛朗台说话的语气令所长一颤。

“他会不会暗中做交易呢？”克律肖想。

这时，一声铃响宣布德·格拉森一家到了。他们的来访打断了葛朗台夫人同克律肖神甫刚刚开始的谈话。

德·格拉森夫人是一个矮小活泼的女人，身材肥胖，皮肤白里透红，由于保持着外省修道院式的饮食规律和洁身自好的生活习惯，年届四十仍显得年轻。这样的女人犹如秋末冬初的最后几朵蔷薇，花瓣给人以寒冷的感觉，且香味已逐渐逝去。她穿着考究，从巴黎弄来时髦的服装，在索木尔城里领导时装新潮流，家中也经常举办晚会。她丈夫曾在皇家禁卫军中当过军需官，在奥斯代尔利茨战役中负过伤。退伍后，尽管对葛朗台不失尊重，但表面上仍保留着军人直率的性格。

“您好，葛朗台。”他说着向葡萄园主伸过手去，同时表现出一种压得克律肖一家喘不过气的优越感。

“小姐，”她向葛朗台夫人施过礼后对欧也妮说，“您总是那么漂亮、文静，真不知该如何祝贺您。”说完，他从仆人手里接过一只小匣子，里面装着一株好望角的欧石兰，这花是刚刚带回欧洲的，极为罕见。

德·格拉森夫人非常亲热地拥抱了欧也妮，握着她的手说：“阿道夫代我向您献上我的一份小小的礼物。”

一个满头金发，脸色苍白、体质纤弱，彬彬有礼，身材高大的青年人——看上去腼腆怕事，可最近在巴黎学法律时，除食宿外，竟挥霍了近万法郎——走到欧也妮面前，吻了她的双颊，献上一个镀金的针线盒，尽管盒子上用歌德式字体刻的欧也妮名字的缩写相当好，似做工精细，而实际上却是一件货真价实的蹩脚货。打开盒子一刹那，欧也妮产生了一种出乎意料的十足的快乐感，令少女脸红，心颤，高兴得发抖。她把目光转向父亲，似乎在问她是否可以接受这份礼物，葛朗台先生说：“拿着，女儿！”说话的语气简直可以使一个演员一举成名。望着欧也妮小姐——她从未见过这么珍贵的礼物——那兴奋、充满活力，盯着阿道夫的目光，三位克律肖先生惊得目瞪口呆。德·格拉森先生掏出鼻烟壶，给葛朗台先生倒了一撮鼻烟，自己吸了一撮，把落在蓝色外套的纽孔里“荣誉团”

系带上的烟末弹掉，回过头瞧着三位克律肖先生，那神气仿佛在说：“怎么样？能和我比试吗？”德·格拉森夫人面带嘲笑寻找他们的礼物，朝蓝花瓶里的鲜花瞟了一眼。在这微妙的场合中，克律肖神甫撇下围坐在炉前的众人，同葛朗台踱步到大厅尽头。当两个老头儿走到离德·格拉森最远的窗洞跟前后，神甫附在守财奴的耳边说：“这伙人把钱扔到窗外去了。”

“这有什么关系，只要钱扔进我的地窖。”葡萄园主呛了他一句。

“如果您想给令爱送一把金剪刀，您也有的是办法。”神甫说。

“我给她的东西比剪刀更值钱。”葛朗台说。

“我侄儿真是个傻瓜蛋。”神甫一边想，一边望着所长，这位老兄黑黝黝的脸庞本来就不讨人喜欢，再加上蓬乱的头发就更难看了，“他难道就不能想出一个有点价值的玩意儿？”

“葛朗台夫人，咱们来玩牌吧。”德·格拉森夫人说。

“大伙都在这儿，可以摆两桌呢……”

“既然是欧也妮的生日，就玩罗多游戏好了，”葛朗台老头儿说，“让两个孩子也玩玩。”老箍桶匠边说边指了指女儿和阿道夫，他对游戏从来不沾：“来，娜侬，把桌子摆上。”

“我们来帮你，娜侬小姐。”德·格拉森夫人高兴地说，她因逗得欧也妮心花怒放而快活之极。

“我这辈子从没这么高兴过，”欧也妮对她说，“我也从未见过这么漂亮的东西。”

“这是阿道夫从巴黎带来的，而且是他亲自挑选的。”德·格拉森夫人对她耳语道。

“说呀，往下说呀！该死的刁婆！”所长想，“你总有打官司的时候，无论是你还是你丈夫，你们的案子绝不会有好结果。”

公证人坐在角落里，安详地望着神甫，心想：“德·格拉森这伙人白费心机，我的财产加上我兄弟和我侄子的共有一百一十万法郎。德·格拉森家最多也不过一半而已，他们还有个女儿，他们想送什么就送什么吧！总有一天，这独生女和他们的礼物全都得落在我们手里。”

晚上八点半，两张牌桌摆好了。漂亮的德·格拉森夫人成功地把她儿子安排在欧也妮身边。这饶有趣味的一幕，尽管表面上很庸俗，所有的演员——每个人都拿着印有数字的花花绿绿的纸板的蓝玻璃的筹码——似乎都在听老公证人讲笑话，他每抽一个数字总要评论一番，其实所有的人都想着葛朗台先生的几百万家产。老箍桶匠自负地把德·格拉森夫人饰以玫瑰色羽毛的帽子，艳丽的打扮，银行家威武雄壮的脸庞以及阿道夫、所长、神甫、公证人的脑袋统统打量了一番，心中暗想："他们是奔着我的钱和我女儿来的，真是自寻烦恼。哼！谁也别想打我女儿的主意，他们都是我钓鱼的鱼钩！"

在两支蜡烛昏暗的亮光笼罩下的灰色老客厅里居然也充满了家庭的欢乐；在大个子娜侬的纺车声伴随着的笑声中，唯有欧也妮或她母亲的笑才是真诚的；心胸狭窄融入巨大的关切之中，这姑娘是友谊的考验，穷追围捕的对象，好似被人高价拍卖的小鸟，都成为对此一无所知的受害者。这一切都使当晚的场面显得既滑稽又可悲。这难道不是历年来在各地上演，而此刻只不过用简单的方式体现的一场戏吗？从葛朗台的神色中不难看出他利用这两家的虚情假意大捞好处，他成了该剧的当然主角，并使其按他的意志发展。这难道不是被一张唯一的脸表达出的金钱的威力和人们信赖的现代上帝吗？生活中的温情仅居次要地位，它只能激励娜侬、欧也妮和母亲三颗纯洁的心。可她们却那么天真幼稚，对这一切毫不知情！对葛朗台财富的多寡，欧也妮和母亲全然不知。她们仅通过平淡的观念看待世上的一切，对金钱既不赏识也不蔑视，因为她们对拮据的生活早就习以为常了。她们的感情因无知而受到伤害，但却是强烈的，是她们生存的奥秘，这一切使她们在只追求物质生活的这群人中显得出奇地不同。人类的处境就是这么可怕！人类的幸福无一不是从无知中获得。葛朗台夫人中了十六个子的彩，是这儿从未有过的大彩，娜侬瞧见夫人把这么多钱装进钱袋开心地笑了。就在这时，大门口响起了铁锤沉重的敲门声，把女眷们吓得从椅子上蹦了起来。

“索木尔人敲门绝不是这个样子。”公证人说。

“有这么敲门的吗？”娜依说，“想把大门敲碎不成？”

“这是哪个混蛋？”葛朗台叫道。

娜依拿起一根蜡烛去开门，后面跟着葛朗台。“葛朗台，葛朗台！”搞不清他老婆为什么如此害怕，大叫着朝客厅的门口跑去。

所有玩牌的人都面面相觑。

“咱们去看看好吗？”德·格拉森先生建议道，“我觉得这种敲法有点心怀恶意。”

刚说完，德·格拉森先生就看见一个青年模样的人走了进来，紧随其后的是驿站的伙计，肩扛两只箱子，身后还拖着几个旅行袋。葛朗台突然转身对妻子说：“葛朗台夫人，去玩你们的吧，我来招呼这位客人。”然后迅速拉上大厅的门，那些机灵的客人回到牌桌上，没有再玩。

“是不是本地人，德·格拉森先生？”夫人问丈夫。

“不是，是外地人。”

“一定是从巴黎来的，”公证人说着，掏出一块两指厚的老怀表，外表像荷兰军舰，“正好九点，该死！这趟车从不误点！”

“这位先生年轻吗？”克律肖神甫问。

“年轻，”德·格拉森先生说，“他带来的行李至少重三百公斤。”

“娜依怎么还不进来？”欧也妮说。

“或许是府上的亲戚。”所长说。

“咱们下注吧，”葛朗台夫人低声说，“听葛朗台的声音，我看他有点不高兴，大概他不愿意我们议论他的事。”

“小姐，”阿道夫对身边的欧也妮说，“也许是您堂兄弟葛朗台，这可是个漂亮小伙，我在农庄让先生家的舞会上见过他……”阿道夫没说下去，因为他母亲踩了一下他的脚，大声说要他两个子下注，然后附在他耳边说：“闭嘴，你这傻瓜！”

这时，从楼上传来大个子娜依和伙计的脚步声。葛朗台陪着客人进了大厅。几分钟来，这位不速之客使众人颇感好奇，他们沉醉于无限的遐想中。他突然出现在这群人中，仿佛一只蜗牛掉进蜂房、一只孔雀飞进阴暗的鸡窝里。

“请到壁炉边坐吧。”葛朗台对客人说。

就座前，年轻的陌生人向大家极优雅地施了礼。男士们站起来礼貌地躬身回答，女士们则行了屈膝礼。

“您大概有点冷吧？先生，”葛朗台夫人说，“您也许是从……”

“女人总这么讨嫌！”葛朗台说，不再读手里的信，“让客人先休息休息。”

“可是，父亲，也许客人需要点什么呢。”欧也妮说。

“他长着舌头！”父亲严厉训斥道。

只有陌生人对这一幕感到吃惊，其他人对老头儿的作风早就见怪不怪了。然而，听了这番对话后，客人却站了起来，背对火炉，抬起一只脚烘他的靴底，同时对欧也妮说：“堂姐，谢谢您，我在杜尔吃过饭了。”他又望着葛朗台补充道：“我不需要什么，甚至我一点儿也不累。”

“先生是从京城来的吧？”德·格拉森夫人问。

查理先生——这是巴黎葛朗台儿子的名字——听见有人插话，就拿起用金链挂在脖颈上的小巧玲珑的长柄眼镜放在右眼前瞧了瞧桌上的东西和周围坐着的人，又特意非常仔细地看了看德·格拉森夫人，待把一切看过一遍后这才说：“是的，夫人。”又对葛朗台夫人说：“伯母，你们在玩牌，请继续玩吧，这可太有意思了，别停下来……”

“我早认定他就是那个堂弟。”德·格拉森夫人想，同时递给年轻人一个媚眼。

“四十七，”老神甫喊道，“下吧，德·格拉森夫人，这不是您的号码吗？”

德·格拉森先生在妻子的纸牌上放了一个筹码。她预感到自己运气不佳，忽而瞧瞧巴黎来的堂弟，忽而又瞧瞧欧也妮，简直把游戏都忘在脑后了。姑娘不时偷偷瞟一眼堂弟，银行家的夫人不难看出她愈来愈惊讶、愈来愈好奇的神情。

查理·葛朗台先生是一位二十二岁的英俊青年，此刻同这些土生土长的外省人形成了古怪的对照，他的贵族派头引起了他们的强烈反感，要对比加以研究，想讽刺挖苦他。个中缘由需做一番说明。二十二岁的青年人脱离童年不久，因而不免带点稚气。或许他们中间一百个有九十九个会有查理·葛朗台那样的举止。几天前，他父亲让他到索木尔的伯父家住几个月。或许巴黎的葛朗台想的是欧也妮呢。初次到外省的查理想表现时髦青年的优越感，以他的豪华衣着令全区人望尘莫及，在这里开辟新风尚，给当地人带来巴黎生活的新气象。总而言之，他在索木尔要用比在巴黎更多的时间修剪指甲，追求穿着打扮，这要比一个风度翩翩的少年有时因疏忽而不修边幅来得潇洒。所以查理带来了巴黎最漂亮的猎装，最漂亮的猎枪，最漂亮的猎刀和最漂亮的刀鞘；带来了全套做工精细的背心：有灰的，白的，黑的，金龟子色的，闪金光的，带闪光片的，饰花纹的，双层的，交叉式圆领的，直领的，翻领的，纽扣直至脖颈的，金扣子的；还带来了各式风靡一时的假领和领带，布依松裁剪的两套服装和极考究的内衣，也带来了母亲送给他的礼物——一套漂亮的金制梳妆用具。花花公子该有的玩意儿他全带来了。就连那个小巧玲珑的文具盒也没落下。这是一位最可爱的——至少他认为如此——被他叫作阿奈特的贵夫人送的。她此刻正陪着丈夫在苏格兰旅行，但心情郁闷，因别人对她有猜疑，故需暂时牺牲她的幸福。为能同她每半月通一次信，他还带来了雅致美观的信笺。简言之，凡是巴黎的各种生活用品能带的全带来了，从开始决斗用的马鞭到决斗结束时的精雕细琢的手枪，一个纨绔子弟在外闯荡的全部行头包括殆尽。父亲嘱咐他单独旅行，遇事要稳重节制，他包下了驿车前厢的座位，很高兴那辆特为他六月去巴登温泉同阿奈特夫人约会而定做的豪华马车不致被弄脏。查理原打算在伯父家会见一百位客人，在他的森林里围猎，最后再尝尝城堡生活的滋味，可他绝没想到伯父就在索木尔城里，他问起葛朗台是为了打听去弗罗瓦丰的路。当他得知伯父就住在索木尔城里时，又以为他一定住在大公馆里。不管在索木尔还是在弗罗瓦丰，初次见伯父一定要穿得体面才行。他旅行的装束是最华丽的，最简单而又考究，用当时概括一件事或一个人的尽善尽美的词来说，就是最可爱的。在杜尔打尖时，理发师把他漂亮的栗色头发又重烫了一次。他换了衬衣，圆领上配了一条黑缎子领带，把喜洋洋的白嫩脸蛋衬托得更加可爱。一件卡腰旅行礼服，纽扣只扣了一半，露出圆翻领开司米背心，里面还穿了第二件背心。他的怀表随便放在一只口袋里，短短的金链系在饰孔上。灰色长裤的纽扣在两边，加上黑绿绒绣的图案，更显得裤子做工精细，美观大方。他潇洒地挥动着手杖，雕着花纹的黄金柄并未使灰色的手套暗淡无光。最后，他的帽子也别具一格。只有上层社会的巴黎人才能这样打扮而又不显得滑稽，才可以使自命不凡和愚蠢举止协调一致，这一切的后盾是：善良的表情，一个有漂亮的手枪的年轻人的表情，神射手的功夫和阿奈特夫人。现在，倘若您想了解索木尔人和年轻的巴黎人相互的惊讶，仔细观察客人优雅潇洒的风度在大厅里这灰暗的阴影中射出的强烈光芒和构成家庭画卷的形象，那就请您把三位克律肖先生再回味一番。他们三人都吸鼻烟，许久都想不起擦去流出的鼻涕，抖去掉在衣褶发黄、衣领皱巴巴的棕红色衬衣上的烟末。软绵绵的领带刚系在脖颈上就扭成了一根绳子。他们的衬衣不少，却半年才洗一回，成年累月压在箱底变灰变旧了。不修边幅和衰老融于一身。同破旧的衣服一样枯萎，同裤子一样地皱巴。他们的面孔显得衰竭、僵化，整个嘴脸都扭曲了。其余的人也都不讲究衣着，穿戴得五花八门，毫无新鲜感，完全是外省人的那一套，他们无意识地只关心一双手套的价钱，而打扮又不是为别人看的，这同克律肖家倒非常合拍。厌恶时髦是克律肖和德·格拉森西派唯一的共同点。当巴黎来客拿起长柄眼镜仔细审视大厅里古怪的摆设，楼板的木梁，细木护壁板的色调或苍蝇留在上面的污点——其数量之多足以标点《百科全书》和《箴言报》——的时候，玩游戏的那伙人便立刻抬起头来，怀着像看长颈鹿一样的好奇心看着他。虽说德·格拉森先生和他儿子对打扮入时的青年并不陌生，但现在也同在场的人一样惊讶不已，或者是他们受了其他人难以形容的影响的感染，或者是赞成同乡们的看法，所以向众人投出充满嘲讽的目光，似乎在说：“瞧，巴黎人就是这副德行。”于是大家可以从容不迫地审视查理而用不着害怕得罪主人。葛朗台聚精会神地读手中的那封长信，为此，他端走了牌桌上唯一的蜡烛，根本不顾客人也不顾他们的兴致。欧也妮从未见过如此完美的人和衣着，以为在堂弟身上看到了从天上掉下来的什么人物。她闻着从闪闪发光、烫得优雅别致的头发散发出的香味，快活得似神仙。她多想摸一摸漂亮手套的白色皮面。对查理的小手、肤色、面貌的清秀与娇嫩，欧也妮羡慕得要死。这种形象对风流少年在她心目中的印象做了概述。一个只懂得缝袜子，替父亲补衣服，在满是油污的房里打发日子，在宁静的街道上一小时也不见一个行人的无知姑娘一见到她的这位堂弟怎么能不六神无主、神魂颠倒呢？这就像威斯塔尔在英国纪念册上画的，由凡·高雕刻的女人头像在年轻人身上引起的激情一样，其雕工如此精巧致使人们担心吹一口气会把纸上的美女天仙吹跑似的。查理从口袋里掏出一条手绢，上面有正在苏格兰游山玩水的贵夫人的刺绣，这是怀着炽烈的爱情绣成的佳作，欧也妮望着堂弟看他是否真的要用它。查理的举止、手势、拿长柄眼镜的姿态，有意的放肆，对姑娘刚才觉得赏心悦目，而他明显认为无价值或俗里俗气的针线盒所表现出的蔑视。总之，使克律肖和德·格拉森两家人看了不舒服的一切却使欧也妮喜欢得要命，以致她晚上总想着这位出类拔萃的堂弟，久久不能入睡。

游戏号码摸得很慢，很快也就停了，因为娜侬进来高声说：“夫人，得给我被单替客人铺床呀。”

葛朗台夫人跟娜侬走了。于是，德·格拉森夫人低声说：“把钱收起来，不玩了。”大家从缺角的旧碟子里收起各自下的两个子的赌注，然后起身围在炉旁闲聊了一会。

“你们完了吗？”葛朗台说着眼睛不离那封信。

“完了，完了。”德·格拉森夫人回答着走过来坐在查理身边。

欧也妮被一种初次在少女心中萌生的感情所驱使，离开大厅给母亲和娜侬帮忙去了。倘若有位机智的忏悔师盘问她，她定会承认她既没想到母亲也没想到娜依，而是迫不及待地要看看堂弟的卧室，为他忙活一阵，在卧室里放点东西，唯恐别人忘了什么，要把一切都想周到，尽量使堂弟的房间漂亮、干净。欧也妮自认为只有她才懂得堂弟的趣味和心思。她来到堂弟的卧室，正好碰见母亲和娜依，她们觉得一切都收拾妥当了，可欧也妮告诉她们一切都得重来。她出点子要娜依拿一个炭火暖炉暖一暖被单，亲手在旧桌子上铺了一块桌布，并叮嘱娜依每天清晨更换一次。她说服母亲把壁炉烧得旺旺的，要娜依瞒着父亲取一大堆柴火放在走廊里。她跑到厅堂在拐角橱里取了一只已故的德·拉贝尔特里埃老先生留下的古漆盘子，一只六角水晶杯，一个镀金已褪的小汤匙和一只雕着爱神的古瓶，她怀着胜利的喜悦把这些东西统统摆在壁炉上。她这一阵子想出的主意比她降生至今想出的主意还多。

“妈妈，”她说，“堂弟绝受不了大蜡烛的气味。咱们买几根小蜡烛怎么样？”说完，小鸟般轻盈地跑去从钱袋里掏出五法郎的硬币——这是她一个月的零用钱。

“给你，娜依，快去买吧！”

“可是你父亲会怎么说呢？”葛朗台夫人见女儿捧着一只葛朗台从弗罗瓦丰城堡带来的赛沃尔旧糖罐，提出了可怕的反对意见，“你又上哪儿去弄白糖呢？你疯了吗？”

“妈妈，娜依可以把白糖和小蜡烛一块都买来啊！”

“那怎么向你父亲交代呢？”

“连一杯糖水都不让他侄子喝，这合适吗？况且他也不会留意的。”

“你父亲精得很，什么也瞒不过他。”葛朗台夫人说着晃了晃脑袋。

娜依犹豫不定，她是了解主人的。

“去吧，娜依，既然今天是我的生日！”

听了年轻的女主人生平第一次开玩笑，娜依不禁大笑起来，遵命照办。当欧也妮和母亲绞尽脑汁把葛朗台为侄子指定的房间布置得漂亮一些的时候，查理却成了德·格拉森夫人注意和极力挑逗的对象。

“您可真够勇敢的，先生。”她对他说，“大冬天离开京城的享乐生活来到索木尔。不过，要是您觉得我们还不那么可怕的话您会看到这里还是挺好玩的。”

她给了他一个外省人地道的媚眼。女人们善于把极大的克制和谨慎融进这种眼神里，那是教士特有的贪婪、充满色欲的眼神，这些人视一切娱乐不是盗窃就是罪过。查理觉得在这间大厅里极不自在，同他想象中伯父巨大的宅院和豪华阔绰的生活相去甚远，他仔细瞧了瞧德·格拉森夫人，终于发现了一个不太模糊的巴黎女人的影子。他把她的话视为对他的一种邀请，就高兴地回答了，并很自然地同她攀谈起来。德·格拉森夫人在谈话中逐渐压低嗓门，以便同她的体己话协调一致。查理和她之间存在着相互信任的需要。所以，在时而调情时而正经八百地谈了一阵后，这位机灵的外省女人乘其他人正在谈论时下全城人都十分关心的酒市行情而不注意她时，说道：“先生，要是您肯赏光来我们家做客的话，您一定会使我丈夫同我一样感到高兴。您会看到我家的沙龙是索木尔城里唯一同时有商界巨贾和显贵绅士聚会的地方。我们家同属这两个社会，他们只愿意在我们家里碰面，因为大家都能玩得尽兴。我可以自豪地说，我丈夫同样受到双方的尊敬。我们要尽量消除您在这里的郁闷。如果您总待在葛朗台家里，天哪！不知您会变成什么样呢！您伯父是个一心想着怎么种葡萄的守财奴，您伯母是个毫无主见的基督徒，您堂姐是个没受过教育、平庸俗气、没有嫁妆，整天只知道缝抹布的小傻瓜。”

“这女人真不错么。”查理·葛朗台一边想一边对德·拉森夫人的媚态报以回答。

“夫人，我觉得您想独霸这位先生。”又胖又高的银行家笑着说。

听了这句评论，公证人和所长都说了几句不咸不淡的俏皮话。可是神甫却狡黠地望着他们，吸了一撮鼻烟，又拿着烟壶依次让了让诸位客人，把大家的想法做了概括：“除了夫人，谁是为这位先生在索木尔尽地主之谊的最佳人选呢？”

“咳！神甫先生，您这是什么意思？”德·格拉森先生问道。

“先生，我这话对您，对夫人，对索木尔城，还有对这位先生都是最有利的。”狡猾的老头说着转身望着查理。

克律肖神甫装作没注意查理和德·拉森夫人的谈话，而实际上早就猜了个八九不离十。

“先生，”阿道夫终于做出尽量随便的样子对查理说，“我不知道您是否还记得我。在纽沁根男爵先生府上举行的舞会上，我有幸同您打过照面，而且……”

“记得，当然记得。”查理回答，十分诧异他成了众人讨好的对象。

“这位先生是您的儿子吗？”他问德·格拉森夫人。

神甫诡秘地瞟了她一眼。

“是的，先生。”她说。

“那您在巴黎时还很年轻了？”查理接着问阿道夫。

“那有什么办法呢，先生，”神甫插嘴道，“他们一断奶，我们就送他们去‘巴比伦’了。”

德·格拉森夫人用高深莫测的目光质问神甫，他却接着说：“应该到外省来，才能找到像夫人这样三十好几的女人，学法律的儿子都快要毕业了，还那么娇美。”他又转过身对对手说：“夫人，当年一帮年轻人和女士们跳上椅子争相看您跳舞的情景还历历在目，您的成功仿佛就是昨天的事……”

“哼！这个老混蛋！”德·格拉森夫人心里骂道，“难道他猜到我的心事了？”

“看来我在索木尔会有一番作为的。”查理边想边解开礼服的纽扣，手放在背心上，眼睛朝上望去，模仿尚特里赋予英国勋爵拜伦的姿势。

葛朗台的不在意，或确切地说他全神贯注看信的神态全然逃不过公证人和所长的眼睛。他们试图通过烛光下老头儿面部表情的细微变化猜测信中的内容。葛朗台很难保持脸上往日的平静。而且每个人都能想象他读这封致命的信时佯装的神态：

大哥，我们已有近二十三年没有见面了。最后一次会面是在我的婚礼上，然后就高高兴兴地分手了，当然，我当时不会想到你有一天会成为家庭唯一的支柱，对它的兴旺发达你拍手赞成。当你看到这封信时，我已不在人世了。处在我的地位，我不愿在破产的耻辱下苟且偷生，我在深渊的边沿前思后想至最后一刻，希望还能生存下去。可我非跳下去不可。我的经纪人和公证人洛古安的破产把我最后一笔资本也折腾光了，分文没给我留下。我欠了近四百万的债，但我连四分之一的资产也拿不出。我囤积的酒此刻遇到市价猛跌，主要原因是你丰收了，而且酒质好。三天之后，巴黎人将会说："葛朗台先生原来是个骗子！"我一生清白，死后却遭到辱骂。我玷污了我儿子的姓氏，也抢夺了他母亲的财产，可他——我疼爱的不幸的孩子——还蒙在鼓里呢！我们依依不舍地分了手。幸好他还不知道我生命中最后一次的热情完全倾注在这次诀别中。他将来会不会诅咒我呢？大哥呀，大哥，儿女们的诅咒是可怕的；他们可以不接受我们的诅咒，而他们的诅咒却是永远也不可改变的。葛朗台，你是我兄长，应当保护我。你不要让查理在我坟前说一句尖酸刻薄的话！大哥，即使我用血和泪给你写信，信中也不会有那么多痛苦。因为我可以哭，可以流血，可以死，甚至不再觉得痛苦；可我现在很痛苦，眼看要死，却欲哭无泪。你现在是查理的父亲了！他没有母亲一方的任何亲戚，你知道为什么。为什么我没有屈从社会偏见呢？为什么我要向爱情让步呢？为什么我要娶一个贵族老爷的私生女呢？查理无家可归了。噢，我可怜的儿子！我的儿子！听着，葛朗台，我不是为我乞求你的，何况，你的财产也许还没有多到足以抵押我三百万的债务。我是为我儿子求你的！大哥，你要知道，我想到你时，是双手合十求你的。葛朗台，我临死前把查理托付给你。此刻，我看着手枪不觉得痛苦了，因为我想你会担起做父亲的责任。查理很爱我，我对他也很好，我从没使他不高兴过，所以他不会诅咒我的。而且你以后会看到他温柔可爱，像他母亲。他绝不会惹你生气的。可怜的孩子！他过惯了奢侈生活，对我们缺吃少穿的生活一无所知……而现在他破产了，孑身一个，孤苦伶仃。他的朋友定会躲避他，他的耻辱是我一手造成的。啊！我真希望有一双结实的臂膀把他一下子送上天国放在她母亲身边，这简直是疯话！还是回到我的苦难和查理的苦难上来吧。我把他送到你家是为了让你把我的死和他未来的命运采取适当的方式告诉他。愿你做他的父亲，一个好父亲。请你别骤然杜绝他悠闲的生活，否则会送了他的命。我愿跪下求他放弃债权，作为他母亲遗产的继承人他可能会反对我。不过这种祈祷是多余的，因为他有荣誉感，他不会站在我的债主一边。你要让他在适当的时候放弃我的遗产。我给他造成的艰难处境，你务必向他说明白。如果他还念父子之情，那替我告诉他一切还没到无可挽回的地步。是的，工作拯救了咱们，工作也会把我败掉的家业为他再挣回来。假使他还愿听父亲的话，为了他，做父亲的真想从坟墓里爬出来，让他走吧，让他去印度！大哥，查理是个正直勇敢的青年，你给他一批出口货，他宁肯死也不会吞掉你借给他的第一批资金；你定会借给他的，葛朗台！否则你会深感内疚的！啊！要是我儿子既得不到你的帮助，又得不到你的疼爱，我会永远乞求上帝惩罚你的冷酷无情。要是我当初能挽救出一部分财产，我有权在她母亲遗产中留一笔给他，可是月底的各种开支把我的资金全用光了。对儿子的命运没有把握我是不愿去见上帝的。我多想握着你那双给我温暖的手，听到你神圣的诺言，可惜为时已晚。在查理上路以后，我不得不造一份资产负债表。我要以生意上的真诚证明我这次商业上的失败既无过失也无奸猾。我这不是为了查理吗？永别了，大哥！我托付于你的监护权你定会慷慨接受，我对此毫不怀疑，愿上帝赐福于你。在另一个世界里有一个声音为你祈祷，我们大家迟早都要去那儿，而我已经在那里了。

维克多-昂日-纪尧姆·葛朗台

“你们在聊天吗？”葛朗台说着把信按原样折好放进背心口袋里。他内心忐忑不安，脑子在盘算着，但表面上装出恭谦、胆怯的样子望着侄儿问道：

“身子暖和点了吗？”

“很舒服，亲爱的伯父。”

“嘿！娘儿俩去哪儿了？”伯父问，他压根忘了侄儿是要住在他家的。这时欧也妮和葛朗台夫人走进大厅。“楼上的卧室收拾好了吗？”老头儿问他们，心平静了下来。

“收拾好了，父亲。”

“那好，侄儿，如果您觉得累了，让娜侬带您去卧室。当然了，这可不是公子哥儿住的地方啊！原谅我们这些穷种葡萄的，这伙人可是没一个子儿，都让捐税吞光了。”

“那我们就告辞了，葛朗台，”银行家说，“您同令侄一定有话要谈。晚安，明儿见。”

听到这话，大家都站起身来，每个人都以自己的方式行了告别礼。老公证人走到门口取了灯笼点着，主动提出先送德·格拉森一家回去。德·格拉森夫人没料到一件小事搅得晚上的聚会提前结束，仆人还没来接他们呢。

“夫人，能赏脸让我挽着您吗？”克律肖神甫对德·格拉森夫人说。

“谢谢您，神甫先生，有我儿子挽呢。”她冷冰冰地甩了一句。

"女士们跟我在一起名誉不会受到损害。"神甫说。

"就让克律肖先生挽着你吧。"她丈夫对她说。

神甫轻快地挽着漂亮的夫人走在众人前面。

"夫人，这位青年人的确不错，"他紧紧抓着她的胳膊说，"葡萄收完了，篮子没用了！您该向葛朗台小姐说再见了，欧也妮将是巴黎人的，除非这位堂弟迷上巴黎女郎，令郎阿道夫将会遇上一个最……的敌手……"

"得了吧，神甫先生，用不了多久年轻人会发现欧也妮是个傻子，一个毫无新鲜感的女子。您仔细瞧过她没有？今晚上她脸色黄得像木瓜。"

"或许您也许让堂弟注意到了？"

"我可是有话直说……"

"那您得永远待在欧也妮身边，夫人，不必在年轻人面前说他堂姐的坏话，他自己会做比较的……"

"他已经答应我后天去我家吃晚饭。"

"如果您愿意的话，夫人。"神甫说。

"愿意什么，神甫先生？您想为我出坏主意吗？我活了三十九岁，名声向来清白，感谢上帝，总不能再玷污它，哪怕是要我坐蒙古帝国的天下。你我都不年轻了，说话可得负责任。身为教士，您的念头可真太不成体统了。呸！这真有点像《福布拉》……"

"那么您读过《福布拉》了？"

"没有，神甫先生，我是想说《危险的交往》。"

"啊！这本书合乎道德多了，"神甫笑着说道，"您认为我同当年的年轻人一样坏！我只不过希望您……"

"您敢说您不想替我出坏点子，这不是明摆着的吗？假使这位很不错的年轻人——我相信这一点——向我求爱，那他就不去想他的堂姐。在巴黎，这我知道，有些做母亲的为了子女的幸福和财产牺牲了自己。可我们是在外省呀，神甫先生。"

"没错，夫人。"

"而且，"她接着说，"我不愿意，阿道夫自己也不愿意，用

这样的代价换取一亿法郎的家产……”

“夫人，我根本没说什么一亿家产，大概您和我的力量都无法抗拒这种诱惑。不过我认为一个正派女人只要她不怀邪念，调调情也无所谓，只要不造成后果就行，而且这也是社交场合中女人们的一种义务……”

“您这么认为？”

“夫人，难道我们都不该尽量讨人喜欢吗？”

“请让我擤擤鼻涕。我敢肯定，夫人，”他接着说，“他用眼镜瞧您时的样子要比瞧我时亲切多了，不过我原谅他爱美甚于敬老的心态……”

“这自不待言，”所长的粗嗓门说，“巴黎的葛朗台先生打发他儿子来索木尔就是为了办亲事的……”

“否则这位堂弟就不至于来得那么突然了。”公证人说。

“那又能怎样呢，”德·格拉森先生说，“这老头儿就爱故弄玄虚。”

“德·格拉森，亲爱的，我已经邀请了查理先生来咱们家吃晚饭。你还得把德·拉索尼埃夫妇、杜奥多阿一家也请来，当然别忘了漂亮的奥多阿小姐。但愿那天她穿得体面点！她母亲妒忌性真强，把她打扮得怪模怪样！”她停下脚步转身对克律肖叔侄说：“先生们，希望您们也能赏光。”

“你们到家了，夫人。”公证人说。

告别了德·格拉森一家，三位克律肖往家里走去，他们以外省人特有的分析天赋把这天晚上的事情全面地研究了一番，这件事使克律肖和德·格拉森两家各自的地位发生了变化。支配着这些大盘算家的理智使双方都感到有必要结成暂时的联盟对付共同的敌人。难道他们不该齐心协力阻止欧也妮爱上她堂弟，阻止查理想念他堂姐吗？对于那些阴险的影射、外甜内毒的谗言、充满恭维的诽谤以及为了欺骗他而时刻纠缠着他的天真幼稚的否认，这位巴黎人能抵挡得住吗？

当屋里只剩下家里人时，葛朗台先生对侄儿说：

“该去睡觉了，天太晚了，没时间谈你来这里的事，咱们明天找个合适的时间再说。我们这里八点吃早饭。中午简单吃点水果和面包，喝一杯白葡萄酒。和巴黎人一样，五点吃晚饭，每天如此。要是你想到城里或郊外看看，悉听尊便。我生意很忙，没时间陪你，你得多担待。可能你在这里会听到人人都说我有钱，葛朗台先生在这里，葛朗台先生在那里！让他们去说好了，他们的闲言碎语动不了我名誉的一根毫毛。可我的确身无分文，我这把年纪还得像一个伙计那样干活，全部家当只有一个蹩脚的刨子和一双手。或许你自己不久就会明白挣一文钱要付出多少血汗。喂，娜侬，蜡烛呢？”

“侄儿，我想你需要的东西都有了吧？”葛朗台夫人说，“要是缺什么的话，就唤娜侬。”

“亲爱的伯母，不必了，我要的东西全带来了！伯母，堂姐，晚安！”

查理从娜侬手里接过一支点燃的蜡烛，这是昂热货，在铺子里放久了，颜色发黄很像大蜡烛，葛朗台压根儿想不到家里会有小蜡烛，所以没察觉出这件奢侈玩意儿。

“我给你带路。”老头儿说。

他不从拱洞下的正门出去，而是颇有礼貌地通过大厅和厨房之间的过道去查理的卧室。过道与楼梯之间那扇嵌着椭圆形大玻璃的自动门可以挡一挡楼梯口的寒气。可到了冬天，尽管大厅的门上门下都塞上了防风垫，凛冽的寒风依旧从门缝里钻进来，室内保持不了适当的温度。娜侬锁上门，关好大厅，到马厩里放出那条声音沙哑的狼狗，它好像患了喉炎。这家伙凶恶之极，只认得娜侬一人。这两个生灵在乡下土生土长彼此十分了解。查理看到楼梯间的墙壁颜色发黄，烟熏的痕迹比比皆是，虫蛀了的楼梯扶手在伯父沉重的脚步下颤抖，他的头脑越来越清醒了。他简直以为自己钻进了鸡棚。他转身面对伯母和欧也妮，目光显出探询的神色，而她们走惯了这个破楼梯，对查理的惊讶不解其意，还以为是一种友好的表示，就对他报以甜甜的微笑，把他弄得哭笑不得。“真是活见鬼，父亲把我送到这里干吗来了？”他心想。到了楼上，他看见三扇没有门框的伊特鲁利亚式的红门，嵌在布满灰尘的墙壁里，外面装着螺栓固定的铁条，两头呈火舌形，就像长长的锁眼两端的锁纹。正对楼梯口的那扇门显然被封死了，这屋子的上面是厨房，只能通过葛朗台的卧室进去，老头儿把它当作工作室。唯一的窗户——阳光从这里射入——朝着院子，上面装着粗大的铁栅栏，包括葛朗台夫人在内的任何人都不得入内，老头儿总要单独守在里面，就像炼丹师守候他的炼丹炉一样。里面大概非常巧妙地安排了一个隐蔽去处，藏着财产证书，挂着称金路易的天平，老头儿深更半夜偷偷地整理收据、收条，算账。正因为如此，那些商人总是发现葛朗台准备得井井有条，还以为有什么妖魔鬼怪供他驱使。当娜侬的鼾声震撼着楼板，狼狗在院里巡逻、打哈欠，葛朗台母女进入梦乡的时候，老箍桶匠准会来到这里爱惜地望着金子，抚摸一阵，然后放进桶里加上箍条。墙壁厚实，护窗严密。只有他一人有房里的钥匙。据说他在里面查看果树分布图，计算葡萄的产量，准确到连一株秧苗、一根树枝也不放过的程度。欧也妮的房门正对着那扇封死的门。楼梯平台尽头是老两口的一套卧室，住宅的正面全被它占了。葛朗台夫人和欧也妮的房间相邻，中间隔一扇玻璃门。葛朗台和妻子的卧室被一道隔板隔开，密室与他的卧室之间有一道厚厚的墙。葛朗台老头儿把侄儿安置在三楼一间高高的顶楼里，正好在他的卧室上面，要是查理心血来潮在房里走来走去，他会听得清清楚楚。欧也妮和母亲走到楼梯道中间亲吻道别，姑娘对查理说了几句告别的话，尽管嘴上冷淡，心里却是热乎乎的，然后她们各自回房。

“这就是你的卧室，侄儿。”葛朗台说着打开房门，“如果你要出去，叫娜侬一声。没有她，那条狗会一声不吭把你吃掉。做个好梦吧，晚安。哈哈！这帮娘儿们给你生上火了。”这时，大个子娜侬拿着脚炉走进房间。“好啊！又拿来一个！”葛朗台先生说，“你们把我侄儿当成产妇了吗？娜侬，把这玩意儿拿回去！”

“可是，先生，被单还是潮的呀！而且，这位先生真是娇嫩得像个女人。”

“那好吧，既然你总惦着他，”葛朗台说着把她肩膀一推，“不过小心别失火。”守财奴下了楼，嘴里还咕噜了几句。

查理站在箱子中间，惊呆了。他的目光环视四周：顶楼这间屋子墙上是黄色花纹壁纸，这种壁纸只有小酒吧才用；用石灰砌成的凹槽式壁炉给人以冰冷的感觉，黄木椅的芦苇垫子涂了油，仿佛不止四个角，打开的床头柜能容下一个轻骑兵班长，薄薄的地毯上摆一张有顶盖的床，虫蛀了的帐檐摇摇欲坠。看毕，他严肃地对娜侬说：“我的好娜侬，我这是在当过索木尔教区长、巴黎的葛朗台的哥哥，葛朗台先生的府上吗？”

“是的，先生，在一个和蔼可亲的好先生家里。要不要帮您打开箱子？”

“啊！真的，当然要了。我的大兵爷！您没有在禁卫军里当过水手吗？”

“噢！噢！噢！噢！”娜侬叫道，“禁卫军水手是个什么玩意儿？是咸是淡？在水上行走吗？”

“好了，在这个箱子里找出我的睡衣，这是钥匙。”

看到一件绣满金花和古代图案的丝绸睡衣，娜侬赞叹不已。

“您穿着它睡觉吗？”她问。

“是的。”

“圣母玛丽亚！把它盖在教堂的祭坛上那才叫好看呢！我的小少爷，把它捐给教堂吧，这样您会拯救灵魂，否则您就完了。噢，您穿上它真好看。我去叫小姐来看看。”

“行了，娜侬，别嚷嚷好不好？我要睡觉了，明天再收拾东西。既然你喜欢这件睡衣，就拿去拯救你的灵魂吧。我是个虔诚的基督徒，不会拒绝你的，临走时我一定留下它，你随便拿它干什么都行。”

娜侬一动不动站着，眼睛盯着查理，简直无法相信他的话。

“把这件漂亮的睡衣给我？”她边说边往外走，“少爷在说梦话吧，晚安。”

“晚安，娜侬。”

“我到这里究竟干什么来了？”入睡前查理想，“父亲又不是傻瓜，让我来这里必有目的。也罢，正经事明天办，也不知是希腊哪个笨蛋说的。”

“圣母玛丽亚！堂弟多可爱啊！”欧也妮想着，中断了今晚还没做完的祈祷。

葛朗台夫人临睡前脑子空荡荡的。通过隔板正中的房门，她听见守财奴在房里踱步。像所有胆小怕事的女人一样，她早把丈夫的脾气捉摸透了。犹如海鸥能预知暴风雨，她能通过细微莫测的征兆感到葛朗台内心孕育着狂风暴雨，于是像她常说的那样，干脆装死。葛朗台望着密室里用铁板加固的门，心想：“我兄弟怎么会有这种古怪想法，把他儿子留给我？多大一笔遗产啊！我一百法郎也不会给他。何况一百法郎对这位花花公子有什么用？瞧他用长柄眼镜看我的晴雨表的神气，就像要把它烧掉似的。”

想到这痛苦的遗嘱将会带来的后果，葛朗台或许比他兄弟写遗嘱时更心烦意乱。

“我会得到这件金光闪闪的衣裙吗？”酣睡中的娜侬自言自语道，她好像已经穿上了祭坛的台布，平生第一次梦见了鲜花、绫罗绸缎，就像欧也妮梦见爱情一样。

在少女们纯洁而又乏味的生活中，总有美妙的时刻，阳光射入她们的心田，鲜花向她们倾诉衷肠，心脏的跳动把炽热的感情传给大脑，将想象化作朦胧的欲望；岁月充满了幼稚的阴郁和美妙无比的乐趣！当孩童睁眼观察外界时，他们笑了，当少女在大自然中发现感情时，孩子般笑了。如果光明是人生的初恋，那么爱情不就是心中的光明吗？欧也妮看清尘世间一切的时刻来到了。同外省的姑娘们一样，欧也妮也有早起的习惯。起床后先做祷告后梳洗打扮。今后，梳妆就是一件颇有意义的事了。她总把栗色的头发梳光，然后仔细地把粗壮的辫子在头顶上盘好，不让散发从辫子里露出来。对称的发型更烘托出她一脸的天真与羞怯，头饰的朴实无华与脸部线条的天真无邪配合得天衣无缝。用清水洗了几次手——平日因常这样洗手而使皮肤变红变粗糙了——她望着漂亮滚圆的胳膊，想着堂弟怎么能把手保养得又白又嫩，指甲修得那么好看。她穿上新袜子和最漂亮的鞋，束好胸衣，没放过一个扣眼。总而言之，她平生第一次希望自己显得楚楚动人，第一次感到了有一件式样新颖、剪裁得体、使她颇具魅力的衣裙的喜悦。欧也妮洗漱穿戴完毕，听见了教堂的钟声，可钟声只敲了七下，原来她为了有足够的时间梳妆打扮起得太早了。她还不懂一卷头发可以做上十次来研究其效果这一套，只好老老实实坐在窗前，凝视着院子、狭小的花园和上面的平台；这是一幅凄凉、视野受到限制的景色，但不失僻静地方与荒郊野外所独具的神秘的美。厨房旁边是一口围着栏杆的井，滑轮固定在一根弯曲的铁杆上，上面绕着一株因季节变化已枯萎、变红了的葡萄藤。弯弯曲曲的蔓藤从这儿爬上墙，沿屋子一直伸到柴房顶上，那里的柴火堆放得像图书收藏家的书一样整齐。因天长日久长满了苔藓、杂草，加之人迹罕至，院里石板地的颜色已变得黑魆魆的。厚厚的围墙披着绿装，长长的褐色枝条呈波浪形，院子尽头八个通向花园门的台阶歪歪扭扭被高大的植物遮得严严实实，犹如十字军东征时代一个遗孀掩埋她的骑士的坟墓。被腐蚀的石基上竖着一排腐烂的木栅栏，一半因破旧而坍塌，但仍爬满了攀援植物。在栅栏门两旁，伸出两棵矮小的苹果树歪歪斜斜的枝杈。花园里有三条平行的小径，中间被四分形图案隔开，边上种着黄杨以防泥土流失。花园平台脚下是一片椴树荫，一头是覆盆子，另一头是一棵高大的核桃树，树枝一直垂到老箍桶匠的密室顶上。这天晴空万里，罗亚河西岸秋天明媚的阳光驱散了夜里笼罩在秀丽的景物、墙壁以及装点园子和小院的植物上那层淡淡的雾气。欧也妮觉得这一切显得那么清新迷人，而以往又是那么平淡无奇。无数杂乱无章的念头在心中萌发，随着阳光的扩散，她的思绪也在不断变化。她终于感到有一种模糊的说不明白的愉快包围了精神，就像云雾包围了物体一样。她的思绪同奇特的景致乃至细枝末节都十分协调，心中的和谐同大自然的和谐融为一体。枝繁叶茂的铁线蕨从一堵墙垂下来，颜色像鸽子的脖颈变化无常，当阳光洒满这堵墙时，好似天上充满希望的光明照亮了欧也妮未来的前程。从此她喜欢看这堵墙，

看墙上淡淡的花，枯萎的草，蓝色的钟状花，一种甜蜜的回忆融于其中，仿佛回到了童年时代。在这回声很大的院子里，每片落叶发出的声响就是对姑娘暗自询问的回答，她可能在这里待一整天，觉不出时间的流逝。接着是一阵心灵的骚动。她突然站起身来走过去坐在镜子前照起来，好像一个诚实善良的作家出神地看着自己的作品，做一番自我批评，把自己臭骂一顿。

“他定嫌我长得不漂亮！”这就是欧也妮的想法，充满痛苦和谦卑的想法。可怜的姑娘过于自卑，但谦虚，或确切地说恐惧是爱情的首要德行之一。欧也妮属于小资产阶级身体很好的那一类孩子，外在的美显得有点俗气。虽说她的长相同朱罗岛的爱神维纳斯相仿，但基督徒的温柔却使她的外貌变得高贵，纯洁，这种秀美连古代的雕刻家也未见识过。她脑袋很大，额头有点男子气，但十分俊秀，像裴迪亚斯的丘比特雕像。贞洁的生命之火使她那灰色的眼睛迸发出耀眼的光芒。昔日娇嫩红润的圆脸上的线条因得过天花变得粗糙，所幸的是没有留下任何痕迹，只是去掉了皮肤上的一层毛茸茸的东西，但依然那么柔软，那么细腻，母亲纯洁的亲吻在上面短暂地留下一道红印。她的鼻子过大，但同红红的嘴巴相配却十分和谐，布满深纹的嘴唇流露出爱与仁慈。脖颈丰腴，精心裹着的高高隆起的胸脯惹人注目，想入非非，只因服饰所致，还缺少点艳美。但在行家眼里，身材高大柔韧性差也不失为一种魅力。欧也妮高大、壮实、一点也没有人们所喜欢的那种美貌，但她的美却不难认可，也只有艺术家才为之倾倒。有的画家想在人世间寻觅圣洁的玛丽亚那样的典型，要求所有的女人都有拉法埃尔猜测的不卑不亢的眼睛，往往是天生纯贞的外貌——只有腼腆的基督徒式的生活才能保持或获得。迷恋于如此罕见的模特儿的画家，突然在欧也妮的脸上看到连她自己也不知晓的天生的高贵气质。在沉着冷静的额头下面，他发现了一个充满爱情的世界。眼睛的外形、眼皮的习惯性动作都包含一种难以言传的绝妙。她的线条，头部的轮廓——愉快的表情从未使其改变和疲倦——好似远方宁静的湖边上水天相连处温柔的视平线。恬静、红润的脸庞，光彩照人如初绽的花朵令人心旷神怡，感到了来自内心的魅力，情不自禁注目凝视。欧也妮正处在儿童般天真烂漫的幻想的生活边缘，还在怀着不知为何而欢乐地采集菊花的阶段。她不知什么是爱情，只是照着镜子想：“我太丑了，他不会注意我的。”

欧也妮打开面对楼梯房门的窗户，伸长脖子听屋里的动静，只听见娜侬早上习惯的咳嗽声，听见她走来走去打扫客厅，生火，拴好狼狗，在牛圈里对牲口说话，她想：“他还没有起床呢。”便立刻下楼跑到正在挤牛奶的娜侬面前：

“娜侬，我的好娜侬，做点奶油给堂弟配咖啡喝。”

“可是，小姐，那本该昨天就得动手做呀，”娜侬说着大笑起来，“现在我没法做了。您的那位堂弟长得可爱极了。您没看见他穿着金线绿绸睡衣时的样子，我可是看见了。他穿的衬衣同神甫先生的白色法衣一样洁白。”

“娜侬，那就给他做点烤饼吧。”

“谁给我生火的柴火呢？还有面粉，黄油？”娜侬说。她以葛朗台先生管家的身份说话，有时在欧也妮和她母亲眼里显得很有权威：“难道为了款待您堂弟，就要去偷您老爸不成？您可以向他要黄油、面粉、柴火，他是您父亲，会给这些东西的。这不，他下楼看食物准备得怎么样了……”

欧也妮听见父亲震撼楼梯的脚步声，吓得溜进了花园。她已经体会到了一个人高兴时，极端的羞怯与个人的良知所产生的效果，它使人相信——也许不无理由——我们的心思刻在脸上，别人一目了然。可怜的姑娘终于发现家里冷若冰霜，要啥没啥，配不上堂弟的高雅华贵，心中有点气恼。一种要为堂弟做点什么的强烈欲望油然而生。做什么呢？她一点儿也不知道。天真诚实的姑娘任凭自己天使般的本性尽情发挥而毫不怀疑她的印象与感情。同堂弟见面唤醒了女性天生的倾向，这种倾向之所以如此强烈是因为二十三岁的她，智力与欲望已达到了顶峰。她平生第一次见了父亲心中产生了恐惧感，看到自己的命运握在他手里，所以觉得对父亲隐瞒自己的想法是一种罪过。她迈着急促的步子走着，惊奇地发现空气比往日

更加清新，阳光更加生机勃勃、充满活力，从中得到了精神上的温暖和新的生命。当她正盘算着如何搞到烤饼时，大个子娜侬和葛朗台之间发生了口角，这样的争吵像冬天的燕子一样罕见。老头儿手里拿着钥匙准备安排当天的食物。

“昨天的面包还有剩下的吗？”他问娜侬。

“连一点面包渣也没剩下，先生。”

葛朗台从昂热城做面包用的平底篮子里取出一个在模子里烤好、糊满干面的大圆面包正要切时，娜侬提醒说：“今天我们是五个人，先生。”

“没错，”葛朗台说，“不过面包有六磅重，会剩下的，何况这些巴黎的年轻人根本就不吃面包，不信你等着瞧。”

“那他们吃‘芙利普’了。”娜侬说。

在安茹一带，俗称的“芙利普”是一种配面包吃的东西，包括涂在面包片上的黄油直至最高级的桃子酱，凡是儿时舔光了“芙利普”而剩下面包的人都明白这个词的意思。

“不，”葛朗台答道，“他们既不吃‘芙利普’，也不吃面包，简直同出嫁的姑娘一样。”

老头儿终于吝啬地定好了当天的食谱，关上食品柜正要去拿水果时娜侬拦住他说：“先生，给我点面粉和黄油，我给孩子们做个烤饼吧。”

“为我侄子，你想把我吃穷吗？”

“为您侄子并不比为您的狗更劳神，也不见得比您自己更费心，您不是只给了我六块糖吗？我需要八块。”

“啊呀，娜侬，我从没见过你这样。你脑袋发昏了是不是？你是主人吗？只能给你六块。”

“那好吧，可您侄子的咖啡里放什么？”

“放两块就行了，反正我不放糖。”

“您这把年纪怎么能不吃糖呢？我掏腰包给您买点吧。”

“这不关你的事。”

尽管糖价跌了，但老箍桶匠觉得糖始终是最珍贵的进口货，要六法郎一磅呢。在帝国时期不得不节约用糖，而这成了他永远改变不了的习惯。所有的女人，哪怕是最愚蠢的，都懂得用狡猾的手段达到她们的目的。娜侬撇下糖的话题为烤饼力争了。

“小姐，”她隔着窗户喊叫，“您不是要吃烤饼吗？”

“不要，不要。”欧也妮回答。

“好吧，娜侬，”听到女儿的声音，葛朗台说，“拿去吧。”他打开面粉柜给娜侬舀了一点，又在切好的黄油上添了几两。

“还要有烤炉用的柴火。”铁面无私的娜侬说。

“唉，好吧，你要多少就拿多少吧，”他有点心痛地说，“那你得给我们做一个奶油水果馅饼，干脆晚饭也在烤炉里做，就不用生两个火了。”

“咳，”娜侬叫道，“您就甭操心了！”葛朗台用近似慈父般的目光瞟了忠实的管家一眼。“小姐，”娜侬喊道，“我们有烤饼吃了。”葛朗台端来水果，先在厨房的饭桌上放了一盘。“您瞧，先生，”娜侬对他说，“您侄子的皮鞋多漂亮。多好的皮子呀，还很好闻呢。用什么东西擦它呢？用您鸡蛋调的鞋油吗？”

“娜侬，鸡蛋会把皮子弄坏的。告诉他你不会擦摩洛哥皮……不错，就是摩洛哥皮，他自己会去索木尔买回给你擦靴子用的东西。我听说鞋油里要掺糖才会锃光发亮。”

“这一定很好吃了，”女仆说着把靴子凑近鼻尖闻着，“啊呀！这同夫人的科隆香水一个味呢！可真滑稽。”

“滑稽？”主人说，“靴子比穿它的人更值钱，你会觉得很滑稽？”

“先生，”娜侬等主人关好水果贮藏室回到厨房后对他说，“您不想一星期上两次火锅招待您的……”

“可以。”

“那我就去买肉。”

“不用了。你给我们做一锅野味汤，佃户们不会让你闲着。不过我要让高尔努瓦利埃打几只乌鸦。用这东西炖的汤是世界上最鲜的。”

“先生，那乌鸦吃死人是真的吗？”

“你真傻，娜侬！他们像人一样找到什么吃什么。难道我们就不靠死人活了？那遗产是什么东西？”葛朗台老头儿吩咐完了，掏出怀表，看到离吃早饭还有半个小时，就拿起帽子，拥抱了女儿，对她说：“你想到罗亚河边散散步吗？我在那儿有点事要办。”

欧也妮回房戴上她的草帽，这顶草帽的衬里是用粉红塔夫绸做的。然后父女俩沿蜿蜒的街道一直走到广场。

“大清早去哪儿呀？”公证人克律肖碰见葛朗台问道。

“有点儿事。”老头儿回答，明白他的朋友一大早出门的原因。

葛朗台说有事要办，公证人凭经验知道他能从中得点好处，于是陪他一起走。“来，克律肖，”葛朗台对公证人说，“您是我的朋友，我向您证明在这么好的地里种白杨树可真是傻到家了……”

“那您出售罗亚河牧场上的白杨从中净赚六万法郎是无所谓的事了？”公证人克律肖睁大迟钝的双眼问道，“您还不满意吗？砍树时正值南特白木奇缺，您一棵卖了三十法郎！”

欧也妮听着，不知道她已面临一生最重大的关头，公证人就要迫使父亲宣布关于她的至高无上的判决了。

葛朗台来到罗亚河畔属于他的美丽的牧场上，三十名工人正在清理、填土、平整过去种过白杨树的土地。

“克律肖先生，您看一棵白杨需占多大地方？”他对公证人说，又对一名工人喊道：“让，拿你的尺子把四……四边……量……一下。”

“每边八尺。”工人量完后说。

“那就得损失三十二尺地，”葛朗台对克律肖说，“这一排我从前就有三百棵白杨树，对吧？那么……三百……乘……三十二……尺……要消……消……消耗五……五……五百捆干草；加上两边的，那就是一千五百；中间的几排又是一千五百，就算一千捆干草吧。”

“一千捆这样的干草，”克律肖帮他的朋友计算，“大约值六百法郎。”

“您就算一千二百法郎，因为再长出来的草还可以卖到三、四百法郎。那么，算一下，一年一千……二百法郎……四十年……有多多……少，再加上您……您知知……道的复……利。”

“一共差不多有六万法郎吧。”公证人说。

“就算这样！只……只有六万法郎，那么，”葛朗台接着说，这回他可不结巴了，“不过两千棵四十年的白杨树还卖不到五万法郎那就亏了。我算的准没错。”葛朗台真有点神气活现了。他接着说：“让，把洞都填平，留下河边那一排，都种上我买来的白杨树。树种在河边就靠政府的钱成活了。”他转过身对克律肖说了这么一句，鼻尖上的肉瘤微微一动，好似最具讽刺的微笑。

“这是显而易见的，只好把白杨树种在贫瘠的土地上。”克律肖被葛朗台的如意算盘惊呆了。

“是……的，先生”老箍桶匠不无嘲讽地回敬了一句。

欧也妮沉醉于观赏罗亚河的风光美景，没听父亲的计算，但克律肖对父亲的一番话引起了她的注意，立刻侧耳细听：“咳！好啊，您从巴黎招来一个女婿，全索木尔城都在谈论您的侄子，不久我就要草拟一份婚约了，葛老头儿。”

“您……您……您……一大早出……出……出门……就为……为了告诉我这事？”葛朗台说，肉瘤微微一动。“那好吧，我的老……伙……伙计，我实话实说，把您想知……知道的都告诉您。我宁肯把我女……女……女儿扔……扔……扔到罗亚河里也不把她嫁……嫁……给她堂……堂……堂弟。您可……可……可以向外界宣……宣布。不过，算了，他们爱……爱怎……怎么说就……就怎……怎么说。”

这个回答使欧也妮头晕目眩。刚刚在她心中萌生的遥远的希望忽然间开花、成长、结成一束花簇，现在眼看被剪成碎片落在地下。从昨夜起，联结两颗纯洁心灵的一切幸福的纽带使欧也妮对查理依恋不舍。然而从今后，这纽带只能从痛苦中得到加强了。她承受的是苦难的伟大与壮丽，对财富的显赫不屑一顾，这不就是女人崇高的命运吗？父亲的感情怎能在他心灵深处泯灭呢？查理犯了什么罪？简直不可思议！她极神秘的爱情萌芽此刻又被神秘团团包围。她两腿发颤地往回走，来到阴暗的老街，往日这里充满欢乐，此刻却是一幅忧郁的景象，她感到了时光与现实留在这条街上的凄凉。爱情教训她一桩也忘不了。离家还有几步远，她抢在父亲前面去敲门，然后站下等他。可是葛朗台看见公证人手里原封未动的报纸便问道："公债行情如何？"

"您不愿听我的话，葛朗台，"克律肖答道，"快点算吧，两年内还可以赚两成，而且利率很高，八万法郎利息就有五千里弗尔。行市是七十法郎。"

"看看再说吧。"葛朗台摸着下巴说。

"上帝！"公证人突然叫道。

"嗨，怎么啦？"葛朗台问，这时克律肖已经把报纸伸到了他的眼皮底下，"读读这篇文章。"

"巴黎最受人尊敬的商业巨商葛朗台先生于昨日由交易所返寓后举枪击头毙命。死前曾向众议院议长及商事法庭提出辞去所兼职务。葛氏步入绝路与其经纪人洛甘、公证人苏世埃之破产有重大关系。以其威望与信誉本足以得到巴黎商界之援助，然深受尊敬的巨商却因一念之差殒命，不甚惋惜之至……"

"我已经知道了。"老葡萄园主对公证人说。

这句话令公证人浑身一颤，尽管他镇定自若，可想到巴黎的葛朗台先生也许曾乞求得到索木尔的葛朗台先生的资助遭到拒绝时，背上仍感到凉飕飕的。

"那他儿子呢，昨天还那么兴高采烈的……"

"他还蒙在鼓里呢。"葛朗台仍旧平静地说。

"再见，葛朗台先生。"克律肖全明白了，他要去告诉德·蓬丰所长，让他放宽心。

回到家中，葛朗台看到早餐已准备好了。葛朗台夫人坐在木座椅上织冬天戴的袖套，欧也妮扑过去搂住母亲的脖子拥抱她，内心的激动犹如我们有口难言的忧伤一样。

“你们先吃吧，”娜依大步跨下楼梯说，“他睡得像个天使，闭着眼睛，可爱极了！我进去叫他，嗨，真是的，没人应。”

“让他睡吧，”葛朗台说，“他今天不管什么时候醒来都会听到坏消息。”

“发生什么事了？”欧也妮边问边往咖啡里放两块不知几克重的白糖，这是老头儿消磨时间时亲自切好的。葛朗台夫人不敢提这个问题，只好望着丈夫。

“他父亲开枪自杀了。”

“我叔叔？……”欧也妮问。

“可怜的孩子！”葛朗台夫人叫道。

“是可怜呀，”葛朗台接着说，“他一分钱也没有了。”

“唉！可他睡着的模样好像他是地球之王似的。”娜依温柔地说。

欧也妮不吃饭了，她心里很痛苦，就像初次对恋人不幸表示的同情被倾注到全身时的那种痛苦。可怜的姑娘哭了。

“你不认识你叔叔。有什么好哭的？”葛朗台说着，用饿虎般的凶光瞪了女儿一眼，他看成堆的金子时大概也是这种目光。

“可是，先生，”女仆说，“谁见了不同情这可怜的年轻人呢？他睡得那么香，还不知命中发生的事呢！”

“娜依，我不同你说话，闭上你的嘴巴！”

欧也妮此刻才明白，一个热恋中的女子应该永远将自己的感情埋藏在心底。她沉默不语。

“夫人，在我回来之前，你什么也别对他讲，”老头儿继续说，“我得把牧场靠路边的沟渠修整一下。我回来吃午饭时同侄儿再谈这件事。至于你，小姐，要是你为这花花公子掉眼泪，这就够了，孩子。他就要到印度去，你再也见不到他了……”

父亲从帽子边上拿起手套，像往日一样平静地戴在手上，交叉手指扣紧，然后出了门。

“啊！妈妈！我要闷死了，”欧也妮等到屋里只剩下她和母亲时，叫道，“我从没这么难受过。”看到女儿脸色煞白，葛朗台

夫人打开窗户让她呼吸新鲜空气，过了一会，欧也妮说：“好受多了。”

表面上一向沉着冷静的欧也妮此刻神经如此紧张，令葛朗台夫人震惊。她凭一般母亲对孩子特有的直觉望着女儿，猜透了她的心事。说实话，欧也妮和母亲的生命比肉体相连的著名的匈牙利两姐妹更为亲密，她们永远一块儿待在这个窗洞下面，一块儿去教堂，睡在同一间屋里，呼吸同样的空气。

“可怜的孩子！”葛朗台夫人说着把欧也妮的头搂在自己的怀里。

听到这话，姑娘抬起头用疑问的目光望着母亲，揣摩她的想法，然后问道：“为什么送他去印度？要是他真的不幸，不是正该留在这儿吗？难道他不是我们的亲人吗？”

“是的，孩子，这是当然啰。不过你父亲自有他的道理，我们应当尊重。”

母女俩默默地坐下来，一个坐在木座椅上，一个坐在扶手椅里，重新拿起各自的活计。为感谢母亲对她的谅解——这种谅解令她敬佩——欧也妮吻着母亲的手说：“你真好！亲爱的妈妈！”这句话使母亲那张因长期痛苦而变得憔悴的老脸显出了光彩。“你觉得他好吗？”欧也妮问。

葛朗台夫人只是微微一笑作为回答。过了一会儿，她低声问道：“你已经爱上他了？这可不好。”

“不好，为什么？”欧也妮说，“你喜欢他，娜侬也喜欢他，为什么我不能喜欢他呢？好了，妈妈，咱们摆好桌子等他吃早饭吧。”她扔下活计，母亲也扔下活计，却又说了一句：“你疯了！”她能为自己分享女儿的欢乐而感到高兴。欧也妮叫来娜侬。

“您还有什么吩咐，小姐？”

“娜侬，中午有奶酪吗？”

“啊！中午，有的。”娜侬回答。

“哦，对了，给他的咖啡要很浓，我听德·格拉森先生说巴黎人爱喝浓咖啡，给他多放点。”

“您让我去哪儿搞这么多咖啡呢？”

“去买呀！”

“要是被先生碰见那可咋办？”

“他这时还在牧场呢。”

“我得赶紧去买。不过费萨尔先生给我小蜡烛时已经问我咱们家是不是来了三王[①]。咱们花钱这么大方，全城人都会知道的。”

“要是你父亲察觉出来，”葛朗台夫人说，“他会打我们的。”

“嗨！让他打好了，那我们就跪在地下任他打。”

葛朗台夫人不再说什么，只是抬头望着天空。娜依拿起头巾出了门。欧也妮铺好白桌布，去顶楼摘了几串觉得好玩才挂在绳子上的葡萄。她蹑手蹑脚沿着过道走去，唯恐惊醒堂弟，可又情不自禁地把耳朵贴在房门上听着他均匀的呼吸声，心想：“他睡得倒很甜，殊不知大祸临头了。”她挑了几片最绿的葡萄叶子，像有经验的司宴官一样把葡萄装点好，然后洋洋得意地摆在桌上。她去厨房里把父亲数好的梨全拿来在绿叶上摆成金字塔形。她蹦蹦跳跳，跑前跑后，恨不得把父亲的全部家当洗劫一空。但所有的钥匙都握在父亲手里。娜依拿着两个鲜蛋回来了。看到这两个鸡蛋，欧也妮真想跑过去搂住她的脖子。

“拉朗德佃户的篮子里有鸡蛋，我向他要，这小宝贝为讨我喜欢就给了我。”

欧也妮二十次扔下手中的活计跑去看煮咖啡，听堂弟起床时发出的声响；经过两小时的精心准备，欧也妮终于成功地料理了一顿既简单又花钱不多的午餐，却彻底打破了家里传统的老规矩。午餐是站着吃的。每人一点面包，一个水果或者一些黄油，再加一杯酒，看着摆在壁炉边的桌子，放在堂弟刀叉前的靠椅，桌上的两盘水果，一个蛋杯，一瓶白葡萄酒，面包和一碟堆得高高的白糖，欧也妮想到父亲万一这时回来瞪着她的那双眼睛不由得四肢发抖，所以她不时地瞅瞅座钟，计算着堂弟能否在老头儿回来之前用完午餐。

“欧也妮，放心好了，如果你父亲回来，一切由我担着。”葛朗台夫人说。

---

① 指朝拜初生耶稣的三王。

欧也妮禁不住掉了泪。

“噢！我的好妈妈，”她叫道，“叫我说什么好呢？”

查理在房里哼着歌转来转去好一阵，终于下楼来了。幸好，还不到十一点。瞧这巴黎人！他穿戴的那么俏，仿佛在苏格兰旅行的贵妇家里做客。他喜气洋洋，和蔼可亲地走了进来，全身洋溢着青春的气息，使欧也妮见了又高兴又难过。

他早已把安茹别墅的灾难视为笑话，乐呵呵地走到伯母身边：

“您昨晚睡得好吗，亲爱的伯母？还有您，堂姐？”

“很好，先生。您睡得怎么样？”葛朗台夫人问。

“我么，睡得好极了。”

“堂弟，您大概饿了吧？”欧也妮说，“请用餐吧。”

“中午以前我从不吃东西，我那时才起床呢。不过一路上我可遭罪了，那就吃点吧，何况……”他掏出布列盖造的最精巧的平底怀表，“怎么，才十一点呀！我起早了。”

“早了！……”葛朗台夫人说。

“是呀，我原想收拾东西呢。好吧，就随便吃点家禽、山鹑什么的。”

“圣母玛丽亚！”听到这话，娜侬惊叫一声。

“山鹑。”欧也妮想，她真想拿出全部积蓄去买一只山鹑。

“来坐这儿。”伯母对他说。

花花公子随便地坐在靠背椅上，犹如一位俊俏女郎在沙发上落座一样。欧也妮和母亲拿过椅子放在壁炉前，然后坐在他身边。

“你们一直住在这里？”查理问她们。他觉得大厅在白天比在晚上的灯光下更难看。

“是的，”欧也妮看着他答道，“除了收葡萄的时候，我们去帮娜侬，大家都住在诺阿耶修道院里。”

“你们从不出去散步吗？”

“有时候去，星期日做完晚祷，天好的话，我们去桥上走走，或看人们割干草。”葛朗台夫人说。

“你们这儿有剧院吗？”

“看戏！”葛朗台夫人叫道，“看那些戏子！先生，难道您不知道这是罪过吗？”

“给您，亲爱的先生，”娜侬拿来了鸡蛋，“我们请您尝尝带壳的童子鸡。”

“噢！鲜蛋！”查理说，活像那些奢侈惯了的人，早把山鹑忘在脑后了，“这可是好东西，有黄油吗？嗯，我的好娜侬！”

“啊！黄油？那您不想吃烤饼了？”女仆说。

“给他黄油，娜侬！”欧也妮叫道。

姑娘望着堂弟切面包的神态有说不出的喜悦，犹如巴黎最动情的女工看一出无辜者获胜的戏一样。查理受过风度优雅的母亲的教养，又得到过时髦女郎的熏陶，他的一举一动都是那么优雅、潇洒、细腻，活像一个搔首弄姿的情妇。少女的同情与温柔颇具磁铁般的诱惑力。查理看到自己成了堂姐和伯母关注的对象，觉得对潮水般向他涌来——几乎要淹没他的炽烈的感情无法抗拒。他用充满真诚、爱怜的目光瞟了堂姐一眼，眼里露出一丝笑意。他出神地望着欧也妮，发现这张纯洁的脸上线条绝妙的和谐、态度的天真以及眼里闪烁着的青春的爱情，只有愿望，毫无肉欲。

“真的，亲爱的堂姐，要是您穿着盛装坐在巴黎歌剧院的包厢里，我向您保证，伯母言之有理，您会让男人动心，女人妒忌，他们不犯罪才怪呢！”

这番恭维使欧也妮乐不可支，心怦怦直跳，尽管她对此一无所知。

“噢！堂弟，您可别取笑我这乡下姑娘啊！”

“堂姐，要是您了解我这个人的话，您就会知道我最讨厌取笑别人，取笑会使一个人的心绝望，伤害全部感情……”说到这里，他吞下一块涂了黄油的面包，吃相让人看了很舒服，“不，我可能还没有足以取笑人的头脑，所以这使我受了不少损失。在巴黎，一句‘他心地善良’这样的话能把一个人烦死。这句话的意思是：‘可怜的家伙蠢得像头猪。’但是，因为我有钱，而且谁都知道我不管用什么手枪都能在三十步开外第一枪就射中靶子，而且还是在野外，所以取笑我的人还得掂量掂量。”

“侄儿，您的话说明您是一个心地善良的人。”

“您的戒指真漂亮。”欧也妮说，“让我看看，不介意吧？”

查理伸出手脱下戒指，她的指尖轻轻触到了堂弟粉红色的指甲，不禁脸红了。

“瞧！妈妈，做工多精巧！”

“噢！含金量绝少不了。”娜侬端来咖啡，插了一句。

“这是什么？”查理笑着问道。他指着一个椭圆形的棕色陶壶，涂过油彩，里面是搪瓷的，边上有灰状条纹，煮沸的咖啡翻滚到面上又沉到壶底。

“煮滚的咖啡。”娜侬答道。

“啊！亲爱的伯母，既然我暂住这里，就该做点好事留个纪念。你们太落后了！我要教会你们怎样用夏普达尔咖啡壶煮出香喷喷的咖啡。”

他向她们介绍夏普达尔咖啡壶的一套使用方法。

“啊呀！要像您说的这样麻烦，”娜侬说，“就得花一辈子工夫了。我绝不会这样煮咖啡。噢，还有，要是我煮咖啡，谁来给奶牛割草呢？”

“我来割。”欧也妮自告奋勇。

“孩子！”葛朗台夫人望着女儿说。

这句话提醒大家，年轻人就要大祸临头，于是三个女人闭上嘴，怜悯地望着他，令他大吃一惊。

“怎么了，堂姐？”

“嘘！”葛朗台夫人对正要开口的欧也妮说，“孩子，你知道，你父亲会对先生说的……”

“叫我查理吧。”年轻的葛朗台说。

“啊！您叫查理？多好听的名字呀！”欧也妮惊喜道。

预感降临的祸事几乎总会发生。这不，正想着老箍桶匠回来心中不觉战栗的娜侬、葛朗台夫人和欧也妮听到了熟悉的铁锤敲门声。

“爸爸回来了。”欧也妮说。

她连忙端走了盛着白糖的盘子，只在桌布上留了几块。娜侬收走放鸡蛋的碟子，葛朗台夫人像一头受惊的小鹿蓦地站了起来。对这种失魂落魄的惊恐，查理丈二和尚摸不着头脑。

“喂，你们这是怎么了？”他问。

“我爸回来了。”欧也妮说。

“那又怎么样呢？……”

葛朗台先生走了进来，锐利的目光扫了桌子一眼，瞧了瞧查理，心里全明白了。

“啊！啊！你们为侄儿洗尘呢，好啊，很好，好极了！”他说话时一点也不口吃，“猫儿上了房，耗子就在地板上跳舞了。”

“洗尘？”查理心里嘀咕着，简直猜不透这一家人的饮食和生活习惯。

“娜侬，把我的酒杯拿来！”老头儿说。

欧也妮拿来了酒杯。葛朗台从口袋里掏出一把刀刃很宽的牛耳刀切了一片面包，拿了点黄油仔细涂在上面，就站着吃起来了。这时查理正在给咖啡里放糖。葛老头儿发现了那些白糖。两眼盯着妻子，可怜的女人脸都吓白了。他上前几步附在可怜的老伴儿耳边问：“你们从哪儿弄来这么多糖？”

“娜侬去费萨尔老板那里买的，家里没了。”

这沉默无言的一幕对三个女人的深刻影响简直无法想象。娜侬从厨房里出来向厅里张望，想看个究竟。查理尝尝咖啡，觉得太苦，想再放点糖，可糖已经被葛朗台收起来了。

“侄儿，你要什么？”老头儿问。

“糖。”

“加点牛奶咖啡就不苦了。”主人出主意道。

欧也妮把葛朗台已收起的盛糖盘子又端出来放在桌上，镇定自若地望着父亲。的确，一个巴黎女子，为帮情人逃跑，用柔弱的双臂拉住丝绳时的勇气绝不比欧也妮把白糖重新放在桌上时的勇气更足。但巴黎女子会得到报偿的，她向情人骄傲地伸出又青又肿的漂亮臂膀，上面每根受伤的血管都会洒满情人的泪水与亲吻，并用欢乐来治愈。而查理却永远不会明白使堂姐深感不安、心如刀绞的秘密，而这位堂姐已被老箍桶匠霹雳般的目光击垮了。

“你不吃点吗，老伴？”

在家里毫无地位的女人走过来可怜巴巴地切了块面包，又拿了一只梨。欧也妮大着胆子请父亲吃葡萄：“爸爸，尝尝我保存的葡萄！堂弟，您也吃点好吗？这是我特地为您摘的。”

“噢！要是不拦住，她们会为你把整个索木尔城洗劫一空的，侄儿。你吃完后，咱们一块儿去花园，我有话告诉你，不过，可不是甜的呀！”

欧也妮和母亲瞧了查理一眼，那种表情，年轻人立刻心领神会。

“这话是什么意思，伯父？自我那可怜的母亲去世后……（说出这两个字，他的声音软下来了）我不会再有什么不幸了……”

“侄儿，谁会知道上帝想折磨我们的那些苦难呢？”伯母说。

“哒！哒！哒！哒！”葛朗台叫道，“又说蠢话了。侄儿，我看见你那双好看雪白的双手心里真不是滋味。”他指着胳膊尽头天生的一双羊肩般的大手，“这就是捞钱的手啊！你的教养却把用来造公文包放票据用的皮穿在脚上。糟透了！糟透了！”

“您想说什么呀，伯父？要是我听懂一个字的话，我就上吊！”

“跟我来。”葛朗台说。

吝啬鬼“咔嚓”一声收起刀子，喝干剩下的酒，开门走了出去。

“堂弟，拿出勇气来！”

姑娘说话的语气令查理不知所措，他跟着严厉的伯父，心中忐忑不安。欧也妮母女和娜侬抑制不住好奇心，全来到厨房偷偷窥视两位演员，这出戏就要在潮湿的小花园里上演了。伯父和侄儿起先只是一声不响地走着。葛朗台对查理说出他父亲的死讯不会感到为难，但想到他已身无分文不觉有些同情，他在寻找合适的措辞以缓和表达这一噩耗的方式。“你父亲去世了！”这话没什么了不起，因为父亲总归要死在孩子前面。可“你什么家产也没了！”这句话却包含着世界上所有的苦难。老头儿已经踩着花园小径中间咯咯作响的沙子转了三圈了。在人生的重要关头，我们的心灵同发生悲欢的场所总是紧密相连的。所以查理特别留意小花园中的黄杨、枯萎的落叶、毁坏的围墙，奇形怪状的果树以及深深留在记忆中的秀丽风光的细节，它们通过对欲望的特殊记忆永远同这重大的时刻融为一体。

“今天天气真热，真晴朗。”葛朗台说着，深深吸了一口新鲜空气。

“是的，伯父，可是为什么……”

“那好吧，侄儿，”伯父继续说，“我要告诉你一个坏消息。你父亲情况不好……”

“那我为什么还待在这儿？”查理叫道，“娜侬！快找驿站的马来。我总能在这里搞到一辆车吧。”说着，他转身面对纹丝不动的伯父。

“马和车都没用了。”葛朗台望着查理说，年轻人沉默不语，两眼发呆，“是的，可怜的孩子。你猜着了，他已经死了。不过这还不要紧，更严重的是，他是用手枪击中头部自杀的……”

“我父亲？……”

“是的，这还不算。报纸上还恶语中伤他呢，好像他们有这种权利似的。给你，念念吧。”

葛朗台拿出从克律肖那里借来的报纸，将那篇骇人听闻的文章放在查理眼皮底下。此刻，可怜的年轻人——他还是个孩子，正处在幼稚的感情极易迸发的年纪——已是泪流满面。

“嗯，好了，”葛朗台心想，“刚才他的眼睛可把我吓坏了。现在他哭了，就没事了。”接着他提高嗓门说，也不管查理是否在听：“这还没什么，可怜的侄儿，这不算啥，你慢慢会好受的，可是……”

“不会！不会！父亲！父亲！”

“他毁了你，你身无分文了。”

“这与我有何相干？我父亲在哪儿？父亲呢？”

哭声和抽咽声在围墙间可怕地响成一片，还发出回声。充满同情心的三个女人也哭了。泪水和笑声同样会传染。查理再也听不进去了，跑出院子，爬上楼梯，钻进卧室，倒在床上，用被子蒙住脸要远离亲人痛哭一场。

“让头一阵倾盆大雨过去再说。”葛朗台说着走进厅里。欧也妮母女俩早已坐在椅子上，拭去眼泪，做活的手还在颤抖。“这年轻人真没出息，把死人看得比钱还重。”

听到父亲对最神圣的痛苦说出这种话来，欧也妮不禁浑身一哆嗦。从此刻起，她开始批判父亲了。查理的哽咽声虽然低沉了，但仍在屋里四处回荡，仿佛来自地下的痛苦呻吟慢慢减弱，直到傍晚才止住。

“可怜的孩子！”葛朗台夫人说。

致命的感叹！葛朗台老头儿瞧瞧老伴儿，又瞧瞧欧也妮和糖盘。他想起为不幸的侄儿准备的午餐，便站在厅中央同往日一样平静地说：“啊！夫人！你以后不要再大手大脚地花钱了。我给你钱，不是买糖去喂那个怪小子。”

“这不关妈妈的事，”欧也妮说，“是我……”

“你长大了就要烦我，是不是？”葛朗台打断女儿的话，“想想，欧也妮……”

“父亲，您弟弟的儿子在您家里总不该缺……”

“哒！哒！哒！哒！”老箍桶匠用四个半音节说，“一会儿是我弟弟的儿子，一会儿又是我侄儿。查理与你们毫不相干，他身无分文，他父亲破产了。等这个败家子哭够了就叫他滚蛋，我可不让他把咱们家搅得人仰马翻。”

“父亲，破产是什么意思？”欧也妮问。

“破产么，”父亲解释说，“就是干了见不得人的事中最见不得人的事。”

“这或许就是一种罪孽，”葛朗台夫人说，“我们的兄弟可要受地狱之苦了。”

“好了，你又来絮絮叨叨了，”葛朗台耸耸肩对妻子说，“欧也妮，破产就是盗窃，不幸的是却受到法律的保护。有些人看到纪尧姆·葛朗台正直、廉洁，就把他们的食粮给了他，而他全部据为己有，只给人家留下了一双眼睛掉眼泪。拦路抢劫的盗贼比破产的人还好点，强盗攻击你，你可以自卫，他也是拿脑袋冒险，而破产的人……总之，查理把脸丢尽了。”

这番话在可怜的姑娘心中回荡，全部重量沉甸甸地压在心头。她的正直无异于森林中鲜花的娇嫩，她既不懂世上的道德准则，也不懂似是而非的议论，更不懂什么诡辩术，因此她相信了父亲的这种解释，根本不知道他有意把破产说得那么残酷可怕，不让她明白迫不得已的破产同有预谋的破产之间的区别。

“那么，父亲，您就无法阻止这场苦难吗？”

“我兄弟没征求我的意见，况且他还欠了四百万的债。”

“什么叫四百万，父亲？”她问道，那天真劲儿真像个想要什么就立刻能得什么的孩子。

“四百万？”葛朗台说，“就是四百万枚二十个苏的钱币，五枚二十个苏才能抵五个法郎。”

“上帝啊！上帝！”欧也妮叫道，“叔父怎么会有四百万呢？全法国还有人有这么多钱吗？（葛朗台老头儿摸摸下巴，微微一笑，肉瘤似乎胀大了些）——那堂弟会怎么样呢？”

“他要到印度去，按他父亲的意思，他该在那里想法赚大钱。”

“可他有没有去那儿的钱呢？”

“我给他付旅费……一直到……是的，一直到南特。”

欧也妮跳起来搂住父亲的脖子。

“啊！父亲，您真好，您！”

她拥抱父亲的热情劲儿让葛朗台羞得无地自容，良心不安。

“赚一百万要很长时间吧？”她问他。

“当然啰！”箍桶匠说，“你知道什么叫一个拿破仑了，五万拿破仑才等于一百万法郎。”

“妈妈，咱们为他诵‘九日经’吧。”

“我早想到了。”母亲说。

“怎么？又想花钱了！”葛朗台叫道，“你们以为家里有成千成百的钞票吗？”

这时，顶楼上传来了凄惨的痛哭声，欧也妮母女吓呆了。

“娜侬，上去看看，可别让他自杀。”葛朗台的这句话把母女

俩吓得脸色发白。他转身对她们说，“你们俩可别干蠢事。我要出门同荷兰人商量点事，他们今天要离开这里。然后我去找克律肖，同他谈谈家里发生的事。”

他走了。等葛朗台拉上门，欧也妮和母亲这才舒舒服服地松了一口气。在此之前，欧也妮从未在父亲面前感到过拘束。但几小时以来，她的感情和思想时刻都在发生变化。

“妈妈，一桶酒能卖多少法郎？”

“你父亲的酒每桶卖一百到一百五十法郎，我听说有时候可卖到二百法郎。”

“那他要收获一千四百桶酒的话……”

“说实在的，孩子，我不知道一共能卖多少钱，你父亲从不对我说他生意上的事。”

“这么看来，爸爸大概很有钱了。”

“也许是这样。不过克律肖先生对我说他两年前买下了弗罗瓦丰。现在他手头有点拮据。”

欧也妮对父亲的财产账愈听愈糊涂，也就不再算了。

“他根本就没看见我，这宝贝，”娜侬回来说，“他像一头牛犊躺在床上痛哭流涕，真想不到啊！这可怜的少爷干吗这样伤心呢？”

“妈妈，咱们快去安慰安慰他，要是有人敲门，我们再下楼来。”

葛朗台夫人无法抗拒女儿悦耳的声音。欧也妮是个品格高尚的人，她已经是成熟的女人了。母女俩上楼去查理的卧室，心扑扑直跳。房门开着，年轻人什么也没看见，什么也没听见。他哭得泪人儿似的，嘴里发出含混不清的呻吟。

“真是个孝顺儿子！”欧也妮轻声说。

这句话的语调显出她已不知不觉动了情，并存着一线希望，葛朗台夫人慈母般的目光瞅了女儿一眼，对她耳语道：“当心，你要爱上他了。”

“爱他！”欧也妮说，“啊！你要是知道父亲说的话就好了！”

查理翻了个身，看见了伯母和堂姐。

“父亲死了，可怜的父亲！要是他早点把埋在心底的不幸告诉我，我们定会一起努力挽回不利局面。上帝啊！我的好父亲！我原打算很快见到他，所以，我想，临别时就没有那么亲热地拥抱他……”

又一阵呜咽中断了他的话。

“我们为他祈祷吧，”葛朗台夫人说，“您得听从上帝的意志。”

“堂弟，”欧也妮说，“拿出点勇气来！您的损失已无法挽回，现在要设法挽回您的名誉……”

以对任何事都很机灵的女人的本能与敏感——即使安慰别人时也如此——欧也妮希望查理关切自己以解除痛苦。

“我的名誉？”查理把头发使劲一甩反问道，他从床上坐起，双臂抱在胸前。“啊！是的，伯父说我父亲破产了。”他凄惨地大叫一声，双手蒙住脸，“出去，堂姐，出去！上帝啊！饶恕我父亲吧，他受的苦够多的了！”

年轻人真实、没有心计、没有私心的痛苦令人感动。当查理挥手让她们出去时，欧也妮和母亲两颗淳朴的心都明白这是一种羞于见人的痛苦。她们下楼默默地重又回到窗边的座位上，一声不响地干了约一小时的活。欧也妮具有姑娘们洞察一切的目光，她凭借这种目光早已偷偷瞥见了查理漂亮的梳妆用品，镶金的剪刀和剃须刀。在痛苦中看到的奢华对比之下，使她觉得查理更值得关注。母女俩一直生活在平静与孤独中，还从未有过如此严重的事件，如此悲惨的场面给她们的想象以如此沉重的打击。

“妈妈，”欧也妮说，“我们总该为叔父戴孝吧。”

“这事你父亲会决定的。”葛朗台夫人答道。

她们又沉默不语了。欧也妮不紧不慢做着针线活，有规律的动作使旁观者看出她沉思时的想法颇多。这位可爱的姑娘的第一个愿望就是分享堂弟的悲伤。四点钟左右，粗暴的敲门声吓了葛朗台夫人一大跳。

“你父亲怎么啦？”她对女儿说。

葛朗台老头儿欢天喜地走了进来。他脱下手套，使劲搓手，要不是他的皮肤像俄国皮革那么结实，几乎把皮要搓掉了，只不过没有芒硝和乳香的味道罢了。他来回踱步，总往座钟那边瞅。最终他还是把秘密说了出来。

“夫人，”他一点也不口吃地说，“我把他们全套住了。咱们家里的酒卖掉了！荷兰人和比利时人今天清晨动身，我在他们下榻的旅馆前的广场上散步，装出一副傻乎乎的样子。你认识的那个家伙来找我。所有生产好葡萄的主儿都压着葡萄不卖，还要等等看，我就没阻止他们。我们的比利时客人有点失望。这躲不过我的眼睛。结果买卖成交了，他以每桶二百法郎的价买了咱们的酒，其中一半付现款。付给我的全是黄金。票据全签好了，这六个路易是给你的。再过三个月，酒价还会跌的。”

说最后一句话时他的语气很平静，但充满了挖苦的味道。此刻聚集在广场上的索木尔人被葛朗台酒已脱手的消息弄得不知所措，要是再听到刚才的话一定会气得发抖。恐慌会使酒价下跌一半。

“您今年有一千桶酒吗，父亲？”欧也妮问。

“是的，我的小宝贝。”

老箍桶匠只有在最高兴时才这样称呼自己的女儿。

“这可以卖二十万法郎了。”

“是的，葛朗台小姐。”

“父亲，这样的话，您帮查理的忙就不难了。”

当年巴比伦国王巴尔塔扎在看到预示他和他的王国即将灭亡的那只手时所表现出的惊讶、气愤和惊恐也无法同葛朗台此刻胸中的怒火相提并论。他早就把侄儿忘到九霄云外了。然而他发现侄儿却仍旧留在女儿心里，在女儿的计算之中。

“哼！打这花花公子迈进我家的门，一切都给搅得乱七八糟。你们摆阔气、买糖果，花天酒地，大摆宴席，我最讨厌这种事。到我这把年纪，总该懂得如何做人了吧！何况我也绝不允许自己的女儿或别的什么人来教训我。对我侄儿，我会做我认为该做的事，你们少管闲事。至于你，欧也妮，”他转向女儿，“别给我再提起他，不然，我把你和娜侬一块送进诺阿耶修道院，看我敢不敢。如果你再烦我，明天就打发你走。这小子在哪儿？下楼来了吗？”

“没有，朋友。”葛朗台夫人回答道。

“那他在干什么？”

“哭他父亲。”欧也妮说。

葛朗台瞧着女儿，一时语塞。再怎么说，他也是个父亲。在大厅里转了两圈，他匆忙上楼，在密室里考虑买公债的事。已经伐光了的两千阿尔邦森林为他带来了六十万法郎，加上白杨树和刚成交的二十万法郎的生意，他去年和今年的收入总共有九十万法郎。短时间内赚二分利，公债行情为七十法郎的好事吸引着他。他在登着弟弟死讯的报纸上计算着，侄儿的呻吟传进耳朵，他也没听进去。娜依敲墙请主人下楼，晚饭已准备好了。走到拱门下面的最后一级楼梯，葛朗台想：“既然能得八厘利，这笔生意我做定了。两年内，我就会从巴黎提得约一百五十万法郎黄澄澄的金子。”

“咦！侄儿呢？”

“他说没胃口，”娜依说，“这可伤身体呀！”

“能省点粮食也好。”主人反驳道。

“那当然了！”娜依道。

“咳，他总不能一直哭下去呀。狼饿极了，在林子里也待不住的。”

吃晚饭时出奇的静，直到桌布被撤走后，葛朗台夫人才开口说：“好朋友，咱们该给兄弟戴孝了。”

“说真的，葛朗台夫人，你只会出花钱的点子。孝要戴在心里，不是戴在衣服上。”

“可是总要给兄弟戴孝呀！教会吩咐我们要……”

“那就从你的六个路易里拿点钱买你们的孝服，我只要一块黑纱就行。”

欧也妮仰头向上张望，一句话没说。她慷慨的习性麻木不仁，受到压抑，平生第一次觉醒又时刻受到伤害。这个夜晚同他们单调生活中的无数个夜晚表面上没什么不同，但却是最难熬的。欧也妮低着头做活，不用前一天晚上查理不屑一顾的针线盒。葛朗台夫人忙着织她的袖套。葛朗台把大拇指足足绕了四个小时，完全沉浸在第二天让全索木尔城都大吃一惊的算计之中。那天晚上没人登门造访。全城都在议论葛朗台了不起的成功、他弟弟的破产以及他侄儿的到来。鉴于共同的利益，索木尔城的中上层葡萄园主都来到德·格拉森家中聚会，对前任区长恶毒诅咒，肆意谩骂。娜侬依旧纺线，在大厅灰色的楼板下面，只听见纺车嗡嗡的声响。

“咱们都成哑巴了，连舌头都那么爱惜啊！”

她说，露出像剥光皮的杏仁一样又白又大的牙齿。

“什么都得爱惜。”葛朗台从沉思中清醒过来回了一句。他觉得远远看到三年后的八百万家产，仿佛在广阔无垠的黄金海洋里游弋，“都睡觉吧。我代大家去向侄儿道个晚安，顺便看看他想吃点什么。”

葛朗台夫人站在二楼楼梯台上想听听老头儿跟查理怎么说，欧也妮比母亲胆大，多上了两级台阶。

“喂，侄儿，你心里一定很难受，那就哭吧，这是人之常情。父亲总归是父亲么。不过，有痛苦就得忍着点。你哭的时候，我可在为你打算呢。你看，我可是个好伯父呀，好了，勇敢点，你想喝点酒吗？酒在索木尔可算不了什么，在这里请人喝酒就像印度人请人喝茶一样。怎么，”葛朗台继续说，“你没点灯？这不好，这不好！做事总得看清楚啊！”葛朗台向壁炉走去。“咦，”他叫道，“这不是小蜡烛吗？见鬼，从哪儿弄来的？为给这小子煮鸡蛋，这些娘儿们会把我的楼板拆了！”

听了这些话，母女俩像受惊的耗子进洞一样连忙跑回房里钻进被窝。

“葛朗台夫人，难道你有一座金库不成？”丈夫走进妻子卧室问道。

“朋友，我正在祷告呢，等一会儿好吗？”可怜的女人答道，声音都变了。

“让你的上帝见鬼去吧！”葛朗台嘴里咕噜着。

守财奴不相信来世，他们认为眼前就是一切。这种思想把这个时代的特征暴露得淋漓尽致。金钱控制法律、政治和习俗的程度是任何一个时代都无法比拟的。学校、书籍、人物、学说，一切都旨在破坏对未来生活的信仰，而一千八百年来的社会结构就建立在这种信仰之上。现在，死亡是不那么令人惧怕的一种转变。我们升天后的未来被拉回到了现在。到达享受荣华富贵的人间天堂，将跳动的心化作铁石，用苦行磨炼自己的身躯以得到暂时的财富，就像殉道者为了得到永久的幸福受苦受难一样，这一切就是普遍的思想！这种思想被到处揭示，甚至写在法律上。法律问法官："你付多少钱？"而不问："你在想什么？"当这种学说被资产阶级传给平民百姓时，我们的国家会变成什么样呢？

"葛朗台夫人，你祷告完了没有？"老箍桶匠问道。

"朋友，我在为你祷告呢。"

"好极了！晚安。明早咱们再谈。"

可怜的女人入睡时仿佛没学好功课的小学生，生怕醒来时看到教师的怒容。她很害怕，用被子把自己裹住什么也不想听，这时欧也妮穿着衬衣，光着脚悄悄溜到她身边吻了吻她的前额。

"噢！好妈妈，"她说，"明天，我告诉他一切都是我的主意。"

"不行，他会把你送到诺阿修道院的，让我来对付他，他不会吃了我。"

"听见了吗，妈妈？"

"什么？"

"咳，他一直在哭。"

"去睡吧，孩子。你光着脚会着凉的。砖地是很潮湿的。"

庄严的一天就这样结束了，它对可怜而富有的欧也妮今后的一生将带来重大影响，她的睡眠再也不会像过去那样圆满和甜美了。人生的某些行为虽然是真实的，但从文学形式上看往往却不像是真的。人们几乎总会忘记对自发的决心给予心理的阐述，并且对必然引起这种行为的神秘原因未加说明，难道不是这样吗？欧也妮深切的激情或许应在她最细微的组织中加以分析；一些爱冷嘲热讽的人说她的激情变成了一种病，影响着她的一生。许多人宁愿否认事情的结局而不愿估量在道德方面神秘地将一个个事实联系起来的关节、纽带和依恋的力量。对观察人性者来说，欧也妮的过去将成为她轻率的天真和心灵感情突然流露的保证。她过去的生活愈是平静，她那女人的怜悯，最机敏的感情在她心中迸发得就愈强烈。所以，被白天发生的事搅得心绪不宁的欧也妮半夜惊醒好几次侧耳细听堂弟的声音，以为听到了自头天晚上就震撼着她心田的叹息：时而看见他悲痛欲绝，时而又梦见他饥肠辘辘。天亮后，她确实听到一声可怕的呼叫。她连忙穿好衣服，在晨曦中蹑手蹑脚地跑到堂弟房里，门大开着，蜡烛已在烛台托盘上燃尽。疲倦之极的查理躺在扶手椅里和衣睡着，头倒在床上。他像腹中空空的人一样在做梦。此刻欧也妮尽可痛痛快快哭一场，任她欣赏这张年轻、漂亮又充满痛苦的面孔，他眼睛哭肿了，虽在梦中似乎还在流泪。查理似乎觉得欧也妮来了，便睁开眼睛，看见欧也妮站在面前，一副同情的样子。

“对不起，堂姐。”他说，显然不知道时间也不知道自己在什么地方。

“堂弟，这里有几颗心听到您的声音，我们以为您需要什么呢。您应该睡在床上，这样躺着会很累的。”

“是的。”

“那好，再见。”

她赶紧走出房门，觉得到这里来既羞愧又高兴。只有天真幼稚才会有如此大胆的行为。明白事理的德行与邪恶算计得一样准。欧也妮在堂弟面前没有发抖，可一回到自己房里却几乎站不住了。愚昧无知的生活骤然中止，她思前想后，着实自责了一番：“他对我有什么想法？他以为我爱上他了。”而这正是她最希望在他身上看到的。坦诚的爱情有它自身的预感，深知爱情会激发爱情。孤独的少女这样偷偷跑进一个年轻人的卧室该是多了不起的举动啊！在爱情上，有些思想和行为对某些心灵不就是神圣的婚约吗？一小时后，她走进母亲的房间，照例伺候她起床。然后她们坐在窗前焦急不安地等着葛朗台，这种情绪就像人们怕挨骂、怕受惩罚时一样，心忽冷忽热，揪紧或膨胀，这由各人性格而定。这种再自然不过的心情连牲畜都有：它们做错一点事遭到呵斥就叫喊起来，而由于不慎受了伤反而一声不哼。老头儿走下楼，漫不经心地跟妻子说话，又拥抱了欧也妮，然后坐在饭桌旁，好像根本没想昨夜的恐吓：

“侄儿怎么样了？这孩子倒不烦人。”

“先生，他还睡着呢。”娜侬答道。

“那再好不过了，这样他就用不着蜡烛了。”葛朗台不无挖苦地说。

这种异常的宽容和刺人的玩笑使葛朗台夫人颇感惊讶，她紧紧盯着丈夫。老头儿……这里也许该提醒诸位：在都兰、安茹、博瓦图、布列塔尼地区，老头儿这个称呼——我们已常用来指葛朗台了——是用于最残忍的人，也同样用于最憨厚的人，只需他到了一定的年龄。这称呼与个人的善良忠厚无关。老头儿拿起帽子和手套，说：“我要去广场上蹓蹓，看能不能遇到几位克律肖先生。”

“欧也妮，你父亲肯定有事。”妈妈说。

事实上，不贪睡的葛朗台把大半夜时间都花在初步的盘算上，这些盘算使他的见解、观察、计划达到了十分精确的程度，接二连三的成功令索木尔人赞叹不已。人的本领是耐心与时间的组合。有权势者有意志又善于等待。守财奴的生活就是不断利用人类的力量为个人效劳。他只依靠两种感情：自尊心与利益；但是利益在某种程度上就是牢固的自尊心，因此也是真正优越的持续凭据，所以自尊心与利益是同一整体的不同面，均来自自私自利。对那些被巧妙地推上人生舞台的守财奴的惊人的好奇心也许就源于此。这些人物同人类的全部感情不可分割，并将其集于一身，而每个人都同他们一线相连。哪有什么无欲望的人？而没有金钱，哪种社会欲望能得到满足？妻子猜中了，葛朗台的确有事，同所有的守财奴一样，葛朗台有一种同别人较量一番，合法地把他们的钱弄到手的紧迫感。攫取他人的钱财，难道不是显示威力，自以为永远有权蔑视那些匍匐在脚下任人吞食的弱者的行为吗？噢！谁能理解恬静地躺在上帝面前的羔羊——它既是人间的一切受难者最令人感动的象征，是他们未来的象征，最终也是受人颂扬的苦难与懦弱的化身呢？守财奴把这只羔羊喂肥、关进羊圈、宰了它，煮熟后吃掉它，蔑视它。守财奴的精神食粮就是金钱与鄙视。夜里，老头儿的念头又转了向：他的宽厚概源于此。他策划好了的阴谋诡计，要把巴黎人捉弄一番，折磨他们，欺骗他们，揣捏他们，叫他们东奔西颠、汗流浃背、充满希望、脸色发白。这个老箍桶匠，在阴暗的大厅尽头，在登上索木尔家虫蛀的破楼梯时就这样以戏弄巴黎人取乐。他总惦着侄儿的事。他想挽回亡弟的名声又不想花侄儿和自己的一分钱。他把现金投放出去，为期三年，只管管房地产就行了，因此他必须为他狡猾的活动搞到“营养品”，而他兄弟的破产恰好为他提供了这种机会。他觉得自己手里榨不出油来，就想碾碎巴黎人让查理得点便宜，他自己就成了分文不失的好兄长。家庭的荣誉压根儿就没列入他的计划，他的善意犹如赌徒们兴高采烈地欣赏一场没下赌注的赌博时的心情。因此他离不了克律肖他们，可他不愿屈就去找他们，而让他们来他家，决定当晚把刚拟好的计划搬上舞台以期在第二天一毛不拔得到全城人的交口称赞。父亲不在家，欧也妮兴奋不已，可以公开地照料心爱的堂弟，毫无顾忌地把藏于心底的怜悯倾注在他身上。怜悯是女人优于男人的德行之一，是她让别人感受的唯一情感，也是她让男人接受而毫不妒忌的唯一情感。欧也妮三番五次跑去听堂弟的呼吸声，想知道还睡着或是醒来了。后来，他起床了，于是奶油、咖啡、鸡蛋、水果、碟子、杯子等一切与早餐有关的东西都成了她精心料理的对象。她轻盈地爬上楼梯想听听堂弟的动静。他在穿衣吗？还在哭吗？她径直走到房门口。

“堂弟？”

“堂姐。”

“您想在哪儿吃早餐，客厅还是卧室？”

“哪儿都行。”

“您觉得怎么样？”

“亲爱的堂姐，我饿极了，真不好意思。”

这段隔着房门的对话欧也妮觉得简直就像小说中的一整段插叙。

“那好，我们把早点送到您的房里，免得父亲不快。”她轻如飞燕般跑进厨房，“娜侬，快去收拾他的卧室。”欧也妮觉得这座平日经常上上下下、无声也响的楼梯现在似乎不再破破烂烂，她觉得它光彩夺目，会说话，像她一样充满青春的活力，同时为她的爱情服务。她亲切宽容的母亲也心甘情愿地顺从她爱情的梦幻。查理的房间收拾停当，母女俩一块儿进去陪伴这位不幸的人。基督教的仁慈不就是教人安慰他吗？两个女人从教义中汲取了不少诡辩术替她们的行为辩解。于是查理·葛朗台看到自己成了最亲切最温柔的关怀对象。他那颗破碎的心强烈地感到了这种甜蜜的友谊与和蔼可亲的同情，这是母女俩受压抑的心灵在痛苦的领域——他们平日活动的范围里——一旦有片刻自由就会流露出的感情。既然查理是亲戚，欧也妮就有理由整理堂弟带来的内衣、梳妆用品，也能随心所欲地观赏拿到手的每一件精美玩意儿、金银饰物，借口细看而久久不肯释手。查理看到伯母和堂姐对他关怀备至，深受感动，他对巴黎社会了如指掌，知道以他眼下的处境，他只能受人白眼相待。在他眼里，此刻的欧也妮光彩照人，有一种特殊的美。对前一天他曾冷嘲热讽过的习俗，从此便大加赞赏它的朴实无华了。所以当欧也妮从娜侬手里接过盛满牛奶咖啡的细瓷碗充满深情地端给堂弟并亲切地望了他一眼时，年轻的巴黎人热泪盈眶捧起她的手亲吻。

“嗳！您又怎么了？”她问道。

“噢！这是我感激的泪水。”他答道。

欧也妮突然转身去壁炉上拿蜡烛。

“娜侬，把烛台拿过去。”她说。

当欧也妮回头再望堂弟时，虽然脸依旧很红，但至少目光显得镇定自若，克制住了内心的喜悦。两人的眼睛表达了同样的感情，犹如他们的心灵融化在同一个思想里一样：未来是属于他们的。这种温情查理觉得尤为甜美，只因自己有难在身故不存奢望。一下重锤敲门声吓得母女俩赶忙回到原位。幸亏她们下楼相当快，等葛朗台进来时母女俩已经在织东西了。要是他在拱门下碰见她们，定会生疑。老头儿站着匆匆忙忙吃完午饭后，守庄客——答应他的津贴还没兑现——从弗罗瓦丰赶回来了，他带来了在花园里打的一只野兔、几只小山鹑以及磨坊工人逮的鳗鱼和两条白斑狗鱼。

“喂！可怜的高尔努瓦利埃，你来得正是时候。这些东西好吃吗？”

“当然好吃了，好先生，打下已经两天了。”

“喂，娜侬，快过来，”老头儿说，“把这拿去，晚上做菜，我要请两位克律肖先生吃饭。”

娜侬瞪大双眼望着众人。

“可是我去哪儿弄肥肉和佐料呢？”

“夫人，”葛朗台说，“给娜侬六个法郎，别忘了提醒我过会儿去窖里取好酒。”

“那么，葛朗台先生……”庄客插进来说，他早已准备好了要说的话，打算解决他的工钱问题。

“哒！哒！哒！哒！”葛朗台说，“我知道你要说什么，你是个老好人，咱们明天再说吧，我今天忙得鬼吹火——夫人，给他五法郎。”

他连忙抬脚走了。可怜的女人用十一个法郎买了个清静，别提多高兴了。她知道葛朗台把给她的钱一点点捞回去后，半月不会找岔子。

“拿着，高尔努瓦利埃，”她把五法郎塞进他手里说，“改日再谢。”

高尔努瓦利埃二话没说，拿了钱就告辞了。

“夫人，”娜侬说，头上戴着围巾，手里提着篮子，“我只要三法郎就够了，其余的您留着。用这点钱我照样把事办成。”

“娜侬，把晚饭弄丰盛点，堂弟要下楼吃饭呢。”欧也妮说。

“说真的，家里出了大事了，”葛朗台夫人说，“我们结婚以来，这是你父亲第三次请客。”

四点钟左右，欧也妮和母亲摆好了六副餐具，主人从地窖里取来几瓶外省人珍藏的陈年好酒，这时查理走进客厅。年轻人脸色苍白，他的举动、仪态、目光和说话的语调都有一种充满潇洒优雅的阴郁。他的悲痛不是装的，他的确很难过。脸上忧愁的样子很讨女人的欢心。欧也妮为之愈发爱他了。也许不幸使他们的距离更近了，查理不再是有钱的、高不可攀的俊俏男人，而是一个陷入困境的穷亲戚。苦难产生平等。拯救受难者是女人和天使的相同之处。查理和欧也妮用眼睛传话达到相互了解。此刻，这位失去金钱地位的花花公子一言不发坐在角落里，显得平静、孤傲。但堂姐温柔、爱怜的目光不时投向他，迫使他抛弃悲伤的念头同她一起奔向希望与未来的广阔天地，这正是她梦寐以求的。这时，葛朗台请克律肖先生吃饭的消息在索木尔城引起了轰动，他前一天因出售一年的收成对葡萄园主的背叛在社会上的反响还没这么大。倘若狡猾透顶的葡萄园主请客时的想法同阿尔西皮亚德[①]割掉爱犬的尾巴时的想法一样，那么他或许会成为一个大人物。然而他总是盛气凌人，不断嘲弄索木尔人，所以对他们的反应毫不在乎。德·格拉森一家很快得知查理父亲横死和可能已破产的消息，决定当晚去顾主家表示哀悼与慰问，顺便打听一下为何在服丧期还请克律肖他们吃饭。五点整，德·蓬丰所长同叔父克律肖公证人从上到下穿着整齐地来到葛朗台家。客人入席后即开始品尝美味佳肴。葛朗台神色严峻，查理一声不吭，欧也妮沉默不语，葛朗台夫人也不如平日健谈，使这顿饭真正成了吊唁餐。饭毕离席时，查理对伯母和伯父说：“恕我先行告退，我得去写一封极不愉快的长信。”

“请便吧，侄儿。”

查理走后，老头儿想，他专心写信什么也不会听见，便狡黠地瞧着妻子。

“葛朗台夫人，我们要谈的事你一窍不通，已经七点半了，还是去睡吧。晚安，孩子。”

他拥抱了欧也妮，母女俩就出去了。葛朗台老头儿平日交往甚多，学得十分圆滑，此时要竭力表演一番。那些被他咬得太狠的人送给他一个“老狗”的雅号。要是索木尔的前任区长有更大野心，而且巧乘良机爬上社会高层，被送去商讨国际大事，在那里施展私利赋予他的天才，他一定会为法国立下汗马功劳。可是老头儿一旦

① 希腊将军，苏格拉底的大弟子。

离开索木尔也许就只是一个可怜的普通人了。有些人的头脑或许同某些动物一样，离开他们的出生地，水土不服，就再也无法繁衍后代了。

“所……所长先……先……先生，您……您说……说……说过……破……破产……”老头儿装了多年而别人也认为很自然的口吃以及平时在雨天抱怨的耳聋此刻使这两位克律肖先生厌烦透了，听老头儿说话时脸上不由得做出怪相，使出浑身解数仿佛要把他故意卡在喉咙里的话要替他说完一样。在此，也许有必要追述一下葛朗台口吃和耳聋的故事。在安茹，对本地法语听得明白、讲得清楚的，谁也比不上狡猾的葡萄园主。尽管他精明过人，但过去也曾被一个犹太人愚弄过。谈话中，犹太人总用手遮住耳朵。借口是想听得更清楚，同时自己却叽里咕噜不知说些什么，以致葛朗台吃了发善心的亏，帮狡猾的犹太人寻找看上去他想寻找的词句和思路，结果他自己说出了犹太人想表达的意思，好像他说出了该死的犹太人应说的话，而最终他倒成了犹太人而不是葛朗台了。老箍桶匠结束了这场稀奇古怪的战斗，达成了一项平生唯一抱怨过的交易。但是，虽说金钱上受了损失，但精神上却吸取了一次深刻的教训，从此获益匪浅。葛老头儿末了仍向那个犹太人表示祝福，因为他学会了如何使生意上的对手焦躁不安的手段，让他在忙于表达对方的想法的同时忘记自己的想法。所以眼下要谈的事情就需要耳聋和口吃，更需要把真实想法隐藏起来同对手拐弯抹角地兜圈子，使其如坠之雾里。首先他不愿为自己的想法负责，其次是他本人说了算，叫别人摸不透他的真实企图。

“德·蓬……蓬……蓬丰先生……”三年来，这是葛朗台第二次这样称呼克律肖的侄子，所长可能以为自己被诡计多端的老头儿选为乘龙快婿了，“您……您……您说……说……说过破产……在……某……某些情况下可……可……可以……被……被……阻……阻……止……”

“被商事法庭阻止。这种事司空见惯，”德·蓬丰先生说，自以为逮住了老头儿的想法，或猜到了，所以很想热情地为他做一番解释，“您在听吗？”

“我听听……听着呢，”老头儿毕恭毕敬地回答，狡黠的样子就像一个表面上装着专心听教师讲课而暗地里却在偷笑的学生。

“一个受人尊敬的重要人物，比如，巴黎您已故的兄弟……”

“我……我兄弟，是的。”

“受到无力偿还债务的威胁……”

“这这……这叫……叫无无……无力偿还债务吗？”

“是的。当破产已成定局时，有管辖权的（请听好）商事法庭凭它的判决为当事人所在的商号任命清理人。清理并非破产，您明白吗？破产的人丢尽了脸面，但接受清理的人仍被视为品行端正。”

“这可有很大的区……区……区别，要是这这……不花……花……花更多的钱。”葛朗台说。

“但即使没有商事法庭的帮助，也可以进行清理。因为，”所长吸了撮鼻烟继续说，“怎样才宣告破产呢？”

“是的，我从没想……想……想过。”葛朗台回答。

“第一条，”法官接着说，“当事人或他的正式登记的代理人向法院书记室提交一份亲自造好的资产负债表。第二条，由债权人亲自提出申请。但是，如果当事人不提交资产负债表，或者没有任何一位债权人向法院提出宣告上述当事人破产，那会发生什么事呢？”

“是……是呀，会怎……怎……怎么样呢？”

“那么死者的家属，他的代表，继承人，或当事人，如果没有死；或他的朋友，如果他不想出面，均可办理清理手续。或许您愿为令弟清理吧？”所长问。

“啊！葛朗台，”公证人叫道，“要是这样，那就太好了。在我们外省人的眼里，名誉至关重要。如果您拯救了家庭的名誉，因为这也是您的名誉，您可真就是一个人物了……”

“那就太高尚了！”所长打断了叔父的话。

“那当然，”老葡萄园主说，“我弟……弟……同……同我一样也姓……姓……姓葛朗台，这……这肯定无疑。我……我……我没说不。在任……任……何……情……情况下，清……清……清理……从……从各方……方……方面看都对我喜……喜……喜欢的侄儿的利……利……利益有好……好处。但必须明白，我不认……认……认识巴黎的那……那帮狡……狡猾的家伙。我……我在索……索木尔，知道吗？我的枝……枝……枝条，我的沟……沟……沟渠，总之，我有我的事……事情。我从没开过期……期……期票。什么是期票？我收……到过很……很……很多，可我从没签……签……签过字。期票可以兑……兑……兑现。也可以贴……贴……贴现。我就知道这……这……这些。我还听说……说可可……可以赎……赎回期……期……”

“是的，”所长说，“可以打点折扣从市场上收回期票，您懂吗？”

葛朗台用手捂着耳朵，所长又重复了一遍。

“可是，”葡萄园主答道，“这……这种事情有利有弊。我这……这……这把年纪，对这……这……这些事一窍不通。我要……要……待……待……待在这……这里看……看……看管谷子。谷子要收……收了，我们的生活就指……指望它了。首……首先，要……管……管好收……收……收成。我在弗罗瓦丰有大……大……大生……生意。我不能为……为……为了魔……魔鬼们乌……乌……乌七八糟的事放……放……弃……我……我……我的家……对他……他们的事我……我弄……弄不明……明……明白。您……您说为了办清理……理，防止破产，我得去巴黎。谁也不能同时身……首两两……两处，除非是只小……小……鸟……而且……”

“我懂您的意思。”公证人说，“不过，老朋友，您总该有几位能为您赴汤蹈火的朋友吧？”

“得了吧，”葡萄园主心想，“那您决定呀！”

“如果有人去巴黎找令弟纪尧姆最大的债主，对他说……”

“等等，”老头儿说，“对他说，说……说……说什么？是不是这样说：‘索木尔的葛朗台先生这……这……索木尔的葛朗台先生那……那……他喜欢他兄弟，喜欢他侄……侄……侄子。葛朗台是位好亲……亲……亲戚。他是一番好意。他卖了自己的收……收……收成。别宣布……破……破……破产，你们开……开……开个会，任……任……任命几位……清……清……清理……清理……理人，那……那时，葛朗台再做……做……打算。你……你……你们办……清……清理要比法院的人插……插……插手更……合……合算……’嗯，是这样说吧？”

“没错！”所长叫道。

“因为，您看，德·蓬……蓬……蓬……丰先生，应三……三思而后行。办……不……不……不到，就是办……不……不到。对一切……开……开销很大……大的事，要想不……家……家破……人……人亡，就该弄清钱从何来，派什么用场。嗯，对不对？”

“那当然啰！”所长说，“我的意见是，几个月内花一笔钱通过协议全部付款的方式把债券赎回。哦！哦！手里拿块肥肉，还怕狗不跟您跑吗？只要不宣布破产，把债权证书握在手里，您就是清白的了。”

“清……清……清白，”葛朗台用手捂住耳朵，“我不懂什么清……清……清白。”

“那您就听我说吧。”所长叫道。

“我……我听着呢。”

“债券是一种商品，价格有涨有落。这是根据热雷米·邦达姆关于高利贷的原理演绎出来的。这位政治家曾证明谴责高利贷者的偏见是胡说八道。”

“唷！哦！”老头儿叫道。

“邦达姆认为，金钱原则上是商品，代表金钱的东西同样也是商品，”所长继续说，“商品价格要随行就市，这谁都知道。那么期票这种商品，上面有某某人的签字，也同任何一种商品一样，在市场上或滥或缺，其价格忽高忽低，法院可以要求……（瞧，我真糊涂，对不起）我认为您可打二五折把令弟的债券赎回来。”

“您……您叫他……热……热……热雷米·邦……”

“邦达姆，是个英国人。”

“这位热雷米使我们在生意上再也用不着叫苦连天了。”公证人笑着说。

“这些英国佬有……有……有时真讲……讲……情……情理，”葛朗台说，“这样的话，按……按……邦……邦……邦达姆的说法，要是我兄弟的债券……值……值……值钱……也不值钱。我……我说得对，是不是？我觉得这很清楚……债主们可能会……不，不可能。我心里明……明白。”

“请让我给您再解释一下。”所长说，“从法律上讲，如果您握有葛朗台商号所欠的全部债券，令弟或他的继承人就不欠任何人的债了。”

“好，好。”老头儿重复道。

“从公道上讲，如果令弟的债券拿到市场上以多少折扣转让（转让，您明白这词的意思吗？）而恰好有您的一位朋友路过，把债券买了下来，因为债权人是在毫无暴力威胁的情况下自愿出售的，所以已故的巴黎葛朗台的遗产就光明正大地偿清了。”

“说得对，生……生……生意就是生意，”箍桶匠说，“这无须多言，不过，您明……明……明白，这很……很……很难。我……我……我没……钱……钱，也没……没时间，没时间，也没……”

“是呀，您不能分散精力。嗳，有了，我愿代您去巴黎（路费您付，小事一桩）。我去找债权人，同他们谈谈，缓期付款，只要在清理债券的数额上另付一笔钱，一切都会解决，最终目的是为了收回全部债券。”

“不过，咱……咱们再商量，我不……不……不能，没……没……有……我……我……我不愿就……就……这么……答……答……答应……，不能……就……就……就是不能。您……您……您懂吗？”

“这倒没错。”

“您……您……跟我说……说的这……这些话弄得我……我头

昏……脑……脑……脑涨。这是我平生头一回不……不得……不考……考……考虑的……”

“是的，您不是法学家。”

“我是个可……可……可怜的种葡萄的，对您……您……您刚才讲的话一窍……不……不通。我……得……研究……研究……”

“那么……”所长打断老头儿的话，装出一副要对谈话做归纳的样子。

“侄儿！”公证人带着责备的口吻打断他。

“嗯，叔叔？”所长问。

“让葛朗台先生把他的意思说清楚。现在正谈的委托可是件大事。咱们的老朋友应该确定它的……”

门口一声锤响，德·格拉森一家到了，他们的出现和问候打断了克律肖的话。公证人对打断他的话感到高兴，因为葛朗台已经在斜眼看他，肉瘤微颤说明他内心焦躁不安。但是首先，谨慎的公证人认为一个初级裁判所长不适合去巴黎让那些债权人妥协，并使自己陷入触犯清正廉洁的法律的舞弊行为之中；其次，葛朗台老头肯否出钱尚在两可，侄儿就贸然卷入此事，公证人不禁浑身一颤。于是他乘德·格拉森一家进门的当儿，抓着所长的胳膊拉他到窗户下面：

“你的意思说得够清楚了，侄儿。不过，献殷勤也得有个分寸，你想他女儿都想疯了，见鬼！不能像乌鸦啄核桃那样乱冲乱撞。现在我来掌舵，你只敲敲边鼓就行了。参与这种事，你就不顾法官的尊严了……”

他的话没说完，就听见德·格拉森先生伸出手对老箍桶匠说：“葛朗台，惊闻您府上遭到不幸，纪尧姆的商号破了产，令弟去世，我们特来向您表示哀悼。”

“小葛朗台的死是最不幸的，”公证人接住银行家的话头说，“要是他想到向哥哥求援，就不会自杀了。我们的老朋友极看重名誉，他打算清理巴黎葛朗台商号的债务。我这当所长的侄儿为避免一桩司法纠纷带来的麻烦，自告奋勇代葛朗台先生去巴黎同债权人

沟通并适当满足他们的要求。”

这番话得到了摸着下巴的葡萄园主的认可，使三位德·格拉森万分惊讶，他们在来的路上还随心所欲地咒骂葛朗台的吝啬，几乎指控他是杀害其弟的凶手。

“啊！我早就知道了，”银行家瞧着妻子叫道，“德·格拉森夫人，我在路上怎么给你说来着？葛朗台是连头发根都极重声誉的人，绝不容忍它受半点损害！没有声誉的金钱是一种病。我们外省人是很有荣誉感的！这很好！非常好！葛朗台。我是军人，不会隐瞒自己的想法，就直说吧：这确实好极了！太高尚了！”

“不过，高……高……高尚的代价是很昂……昂……昂贵的呀！”葛朗台老头儿回答时，银行家正热情地握住他的手使劲摇着。

“但是，亲爱的葛朗台，虽然所长先生不爱听，我还得说，”德·格拉森接着说，“这纯粹是一件商业上的事，需要一个经验丰富的生意人。难道不该熟悉恢复账目、预付、计算利息这一套吗？我要去巴黎办点事，可以代劳……”

“咱们俩要……要……想……想……想法找一个可……可……可行的解决办法，使我不至于牵扯进一桩我……我……我不愿……愿干的事里，”葛朗台结结巴巴地说，“因为，您瞧，所长先生理所当然地要我给他付路费呢。”老头儿说最后几句话时不再口吃了。

“嗨！”德·格拉森夫人说，“到巴黎去是件乐事，我还想自己掏腰包去呢。”

他向丈夫使了个眼色，像是鼓励他不惜一切代价要把这份差事从对手那里抢过来。然后她又嘲讽地瞧着满脸苦相的克律肖叔侄。葛朗台抓住银行家的上衣纽扣把他拉到角落里。

“我更信任的是您，而不是所长，”老头儿说，“何况这中间还有蹊跷呢，”他的肉瘤动了几下，“我想买公债，我有约好几千法郎，只想出七十法郎的价。听说月底要跌价。您是行家，对不对？”

“没错！那我要为您收数千法郎的公债了？”

“一开始别搞太大，也别声张！我玩这把戏的事，谁都不能知道，您月底前要给我搞一份合同，可别让克律肖他们知道，否则，他们会不高兴的。既然您要去巴黎，就为我那可怜的侄儿探探虚实。”

“那就说定了，我明天乘驿车动身，”德·格拉森提高嗓门说，“我几点来听您最后的指示呢？”

“五点吧，吃晚饭前。”葛朗台搓着手说。

两家人在一起又待了一会儿。趁谈话停顿当儿，德·格拉森拍着葛朗台的肩膀说：“看到有这么好的兄长真让人高兴……”

“是的，是的，”葛朗台说，“表面上看不出来，可我的确是个好……好兄长。我挺喜欢我兄弟，我会证明这一点的，只要花钱不……不多……”

“我们该走了，葛朗台，”银行家没等他说完就主动打断他的话，“我要提前动身的话，还有几件事需要安排妥。”

“好，好。由于您……您知道的原……原因，我也要去评……评议室……室了，正如克律肖所长说的。”

“该死的！我不再是德·蓬丰先生了。”法官忧郁地想，脸上的表情就像被辩护律师弄得厌烦的法官。

两个敌对家庭的头儿都走了。谁也不再去想早上葛朗台对本地葡萄园主的背叛行为。他们都在互相摸底：到底葛老头儿在这件事情上的真正意图是什么？可这是徒劳的。

“你们愿意同我们一起去德·奥尔松瓦尔夫人家吗？”德·格拉森问公证人。

“我们回头再去，”所长答道，“如果我叔叔允许的话，我答应德·格里波吉尔小姐去她家道声晚安，我们先得去那儿。”

“那么再见，先生们，”德·格拉森夫人说。当德·格拉森一家刚离开两位克律肖先生几步远，阿道夫就对父亲说：“这下他们可要火冒三丈了，嗯？”

“闭嘴，儿子！”母亲呵斥道，“他们还听得见咱们的话。而且你说的话也不雅，透着法律学生的味儿。”

“哎！叔叔，”法官看到德·格拉森一家已经走远，就嚷道，

"我开始是德·蓬丰所长，到后来干脆就是克律肖了。"

"我明白这事让你不高兴，可是风向确实对德·格拉森有利。你这不是聪明一世，糊涂一时吗？让他们去信葛朗台的'咱们再等等看'那一套鬼话吧，孩子，你放心好了，欧也妮迟早还是你的人。"

很快，葛朗台宽宏大量的决心同时在三个家庭里传开了，葛朗台深念手足之情的义举成了全城人议论的话题。大家都原谅了葛朗台背信弃义出卖葡萄园主的行为，同时赞赏他的诚实，夸奖他的慷慨，但对他是否能办得到不大相信。法国人的性格，就是疯狂崇拜昙花一现的人物与飘忽不定的事情。那些芸芸众生和普通百姓，难道他们都失去记忆了吗？

葛朗台关上大门就唤来娜侬：

"别把狗放出来，也别睡觉，咱们还有活要干呢。十一点，高尔努瓦利埃会赶着德·弗罗瓦丰的马车到家里来，你要听着，别让他敲门，叫他轻轻地进来。警察当局严禁夜间大吵大闹。况且还不能让左邻右舍知道我要出门。"

话毕，葛朗台上楼去他的密室，娜侬听见他在里面翻东西，走来走去，但谨慎得很。显然他不愿惊动妻子和女儿，尤其不愿引起侄儿的注意，看到他房间的亮光，已开始诅咒他了。半夜，惦记着堂弟的欧也妮以为听到了一个垂危的人的呻吟，她觉得这人就是查理：她离开时，他脸色那么苍白，神色那么绝望！或许他已经自杀了。突然，她披了一件带风帽的大衣想出去。她先被窗户里射进的一道强光吓了一跳，以为失火了，后来又听见娜侬沉重的脚步声和说话声，还夹杂着几匹马的嘶叫声，她这才放下心来。

"父亲是不是把堂弟绑架了？"她这样想着，同时小心翼翼地把房门打开了一点，怕发出响声，不过正好能看见过道里发生的事。

蓦地，她的眼睛与父亲的相遇了，虽然他的目光并未注意她，却也把她吓了一跳。老头儿和娜侬的右肩上合伙扛着一个短而粗的大棍，棍子两头系着一根绳子，绳子上拴着一只木桶，就像他穷极无聊时在面包场里取乐时做的那种桶。

“圣母玛丽亚！先生，这可够重的……”娜侬低声说。

“只可惜是些大铜板！”老头儿说，“小心别碰着烛台。”

楼梯扶手两根横挡上的一支蜡烛照着亮。

“高尔努瓦利埃，”葛朗台对他徒有其名的守庄人说，“你带了手枪没有？”

“没有，先生。真是的！为那些铜板，您有什么好怕的？……”

“噢！啥也不怕。”葛老头儿说。

“再说，我们走得很快，”守庄人接着说，“佃户为您挑了最好的马。”

“好，好。你没有告诉他们我去哪儿吗？”

“我压根儿就不知道。”

“好。马车结实吗？”

“这车呀，主人，可以载三千斤呢。您那些不值钱的酒桶有多重？”

“这我可清楚，”娜侬说，“差不多有一千八百斤重。”

“闭上你的嘴，娜侬，你告诉夫人我去乡下了，回来吃晚饭。高尔努瓦利埃，快走，九点前要赶到安茹。”

马车上路了。娜侬关好大门，放出狼狗，然后扛着红肿的肩膀去睡觉。街坊邻居没人知道葛朗台出门，也不知道他外出的目的。老头儿真是十足的诡秘。在这座堆满黄金的房子里，谁也见不到一个铜子儿。早晨，他在码头上听人们说闲话时得知：南特搞了一大笔配船生意，结果金价上涨了一倍，投机倒把者到安茹套购黄金，于是向佃户借了几匹马，准备去安茹抛售自己的黄金，再带回国库券，正好是买公债所需的数额，并且趁黄金猛涨时大捞一把。

“父亲走了。”欧也妮喃喃自语，她在楼梯高处把一切都看在眼里。家里又恢复了宁静，渐渐远去的车轮声在沉睡的索木尔城里消失了。这时，欧也妮用耳朵倾听之前，先在心里听到一声透过板壁从堂弟房里传来的呻吟。像刀刃般纤细的一道光亮从门缝射出，平照在旧楼梯的栏杆上。“他心里很难受。”她说着又登上两级台阶。第二次呻吟使她来到了卧室门前的平台上。房门虚掩着，她推开门，站在门口。查理正在酣睡，头斜靠在扶手椅上，笔掉了，手几乎挨着地。这种睡姿引起的呼吸不畅把欧也妮吓了一跳，她赶快走进卧室，看见桌上有十几封已封好的信，心想：“他一定疲倦极了。”她看了几封信上的地址——致马车制造商，法利，布雷曼先生——致裁缝布依松先生，等等。“他大概把事情都安排妥了，打算很快离开法国。”她想。她的目光落在两封打开的信上。一封信的开头写着：“亲爱的阿奈特……”这几个字使她一阵眩晕，心怦怦直跳，双脚钉在地板上，动弹不得。“他亲爱的阿奈特，他爱上别人了，别人也爱他！再没希望了！他对她能说什么呢？”这一连串的想法在她脑海里和心中一闪而过。她到处都看见了这几个火焰般的字，甚至地砖上也有。“就这样同他绝交吗？不！我不能看这封信。我应该走开。要是我看了信又会怎样？”她瞧着查理，轻轻扶起他的头放在椅背上，他像孩子似的任她摆布，甚至在熟睡时也能认得自己的母亲，受她照料让她亲吻。欧也妮像母亲一样拿起他垂下去的手，像母亲一样轻轻地吻他的头发。“亲爱的阿奈特！”仿佛有个鬼在她耳边呼唤着这几个字。“我知道这样做也许不好，可我还是要看这封信。”她思忖。欧也妮扭过头去，因为她受到了良心的责备。善与恶有生以来第一次在她心中较量。直到此时，她还从没做过任何使自己脸红的事。爱情和好奇心战胜了她。每读一句话，她的心就膨胀一点，读信时刺激她的热情使她初恋的乐趣更加甜美无比。

亲爱的阿奈特，什么都不能使我们分开，除了这次使我难以承受的不幸，那是再怎样谨慎也无法预料的。我父亲自杀了，他和我的全部财产都已丧失殆尽。从我受的教育看，我这个年纪还该是个孩子，可现在已成了孤儿。然而我必须像成人一样从掉进的深渊中爬出来。我刚才用了半夜时间做了盘算。如果我想以有教养的人的身份离开法国——这一点不成问题——我手头还没有一百法郎去印度或美洲碰运气。是的，可怜的安娜，我将去气候最恶劣的地方寻找发财的机会。据说在这种条件下，钱来得又快又保险。至于留巴黎，我想不大可能。我的灵魂，我的脸面都无法忍受对一个被毁了的人，一个破产者的儿子的那种羞辱，冷淡和蔑视。上帝啊！欠了四百万？在头一周我就会在决斗中被杀，所以我绝不再回巴黎。你的爱，使一个男人的心从未变得如此高贵的最温柔最忠实的爱也不能把我带回巴黎。唉，可惜啊！心上人，我没有足够的旅费去你那儿，给你一个，送你一个最后的亲吻，一个使我能从中吸取力量完成大业的亲吻。

“可怜的查理，多亏我读了这封信！我有的是金子，会给他的。”欧也妮说。

她擦去泪水，继续往下读：

我根本没想过贫穷带来的苦难。要是我现在有一百个必不可少的路易，我就没有一个铜板去做生意。可是没有，我既没有一百路易，也没有一个铜板，我只有把巴黎的债务偿还后才能知道还剩多少钱。假若成了穷光蛋，我就会平平静静地去南特，上船当一名水手，像那些精力充沛的人一样，年轻时身无分文去印度，回来时却成了百万富翁。从今早起，我冷静地考虑了我的前途。未来对我比对别人更可怕。我受过母亲的爱抚，受过最好的父亲的疼爱，在我刚步入社会之际，又遇到了安娜的爱！我只知道生活中最美好的东西，而这种幸福是不会持久的。然而，亲爱的阿奈特，我有一个无忧无虑的年轻人应有的足够的勇气，尤其是对一个习惯了巴黎最具魅力的女子的爱抚，享尽天伦之乐，被父亲溺爱的年轻人更是如此。……噢！阿奈特，我的父亲，他已离开人世……我考虑过我的处境，也考虑过你的。二十四小时内我老了不少。亲爱的安娜，为了把我留在你身边，留在巴黎，既使你牺牲了豪华生活的享受、衣着打扮，牺牲了你在歌剧院的包厢，我们也无法搞到一笔维持我挥金如土的生活所必需的款子。何况我也不会接受你这么大的牺牲。所以我们今天就此诀别。

“他离开她了，圣母玛丽亚！噢！我真有运气！”

欧也妮高兴得跳起来。查理动了一下，欧也妮吓得出了一身冷汗。但幸亏他没醒来，她又继续读下去：

我何时回来？我不知道，印度的气候会使一个欧洲人很快衰老，尤其是一个出卖苦力的欧洲人。就算它十年吧。十年后，你女儿就十八岁了，她将会成为你的伴侣，也能窥探你的隐私了。对你来说，世界是很残酷的，你女儿或许更残酷。社会的判断，少女的忘恩负义，其例我们已见过不少，要引以为戒。希望你像我一样把我们四年的幸福回忆埋在心底。若有可能，别抛弃你可怜的朋友。不过，我不会强求这一点，因为，亲爱的阿奈特，我必须适应我的处境，以俗人的眼光看待人生，做最实际的打算。因此我必须考虑婚姻问题，这将成为我新生活中不可缺少的部分。恕我直言，在这里，在索木尔我伯父家，我遇到了堂姐，她的举止、相貌、头脑和心灵都会使你喜欢，而且我觉得她有……

看到信在这里中断，欧也妮想：“他大概太累了，才没把信写完。”

她在为他辩护！天真的姑娘难道看不出信中的冷淡无情吗？在严格管教下长大成人的少女，无知，纯洁，一旦进入充满爱情欢乐的天地，觉得一切都是爱情。她们漫步在天国的光明里，而这种光明是从她们心中迸发出来的，它的光芒射向她们的恋人。她们用自己感情的火焰美化恋人，又把崇高的思想赋予他。女人的错误几乎总是来自她们对善或真的信念。“亲爱的阿奈特，我的心上人”这些话在欧也妮心中如同最美丽的爱情语言，令她心旷神怡，就像儿时听管风琴不断演奏出的神圣音符“来崇拜吧”那么悦耳动人。况且查理的泪水显示他心灵的高尚，而年轻的姑娘往往会被高尚的心灵所诱惑。查理之所以这么爱他的父亲又真诚地为他哭泣并不是因为他心地善良，而是他觉得父亲的确是个大好人，可她能否了解这一切呢？纪尧姆·葛朗台夫妇对儿子总是百般宠爱，让他享尽荣华富贵，这才使儿子没有产生多少有犯罪心理的可怕打算。在巴黎，大部分孩子在奢侈生活面前产生了一些欲望，设想了一些计划，但因其父母健在不能如愿，故而心中郁闷。父亲不惜为儿子大肆挥霍，以致在儿子心中播下了对他无私敬爱的种子。然而查理是一个巴黎青年，由于受巴黎风俗人情和阿奈特的陶冶，已习惯于精打细算，他外表年轻，而实质上已成了一个谙于尘世的老人。他接受了巴黎社会可怕的教育，一个夜晚在言论和思想上犯的罪行可能要比重罪法庭惩罚的罪还多；无聊不实之词扼杀了最伟大的理想，观察准确被视为强者之举，观察准确就是不相信一切，既不相信感情，也不相信人，甚至不相信事实，却在制造假事实。在巴黎，要想观察准确，就必须每天早晨掂一掂朋友钱袋的分量，懂得在政治上高高在上，不赞美任何事物，既不赞美艺术品，也不赞美高尚行为，而对任何事情，个人利益就是动力。在一阵打情骂俏的疯狂之后，美丽的贵妇阿奈特迫使查理认真思考。她用香气扑鼻的手抚摸他的头发，谈论他的未来；她重新为他做发卷，同时教他为人生打算：她使他女性化，又使他物质化。这是双重的腐蚀，但这种腐蚀高雅、灵巧、不俗。

“查理，你真傻，”她说，“教你懂得人情世故可真费神。你对德·吕波先生的态度很不好。我知道此人不大体面，但你等到他失去权势后再随心所欲地鄙视他也不迟啊！你知道康庞夫人是怎么对我们说的：‘孩子们，只要一个人在部里当官，你就崇拜他，一旦倒台了，就把他扔到垃圾场去。当他有权势时，就是上帝，被人搞垮了，他还不如阴沟里的马拉，因为他还活着，马拉已经死了。’人生就是一连串的手段，必须研究、跟踪它们，才能一直维持优越地位。”

查理是一个过于时髦的人物，父母太娇惯他，社会太奉承他，故而不具备伟大的感情。母亲扔进他心田的那丁点珍贵的东西已经散落在像巴黎这样的吐丝机中了，而且他只是浅薄地运用它，经过摩擦也会使其腐蚀殆尽。但是查理还只有二十一岁，在这个年纪，人生的纯真和灵魂的组成似乎还分不开。声音、目光和面孔同感情显得很不协调。因此，最冷酷无情的法官，最不轻信于人的诉讼代理人，最难打交道的高利贷者看到一个人的眼睛清澈透明，额头上无半丝皱纹，也总是很难相信他的心已经衰老，是个工于心计的人。查理从未有过实践巴黎人道德准则的机会，时至今日，他的美在于毫无经验。可是在不知不觉中他染上了自私自利的恶习。巴黎人惯用的政治经济的萌芽已经潜伏在他的心田中，一旦从游手好闲的旁观者变成现实生活中的演员，这些萌芽就会在他心中开花。几乎所有的少女都沉醉于外貌带来的甜蜜憧憬。但是即使欧也妮像外省某些女子一样小心谨慎，善于观察，当堂弟的举止、语言和行为同心中的灵感协调一致时，她能否提防他呢？一次偶然的机会——对她是致命的——使她在这颗年轻的心中看到了他吐露的最后真情，听到了他良心的最后叹息。她放下这封她认为充满爱情的信，开始得意地端详酣睡的堂弟：她觉得生命充满新鲜感的幻想仍在这张脸上闪烁，她先暗自发誓永远爱他，然后她的目光又落到了另一封信上，再也不觉得这有什么不得体。她读这封信也是为了得到堂弟高尚品格的新证据，就像所有的女子一样，是假借给她的意中人的。

亲爱的阿尔封斯，当你读这封信时，我已经不再有朋友了。但是我要告诉你，我虽然怀疑社会上那些滥用友谊这个字眼的人，可绝不怀疑你的友谊。所以我托你料理我的事情，相信你定会充分利用我所拥有的一切，你大概已经知道了我的处境。我已身无分文，想去印度。我刚才给我欠了债的人都写了信，按我的记忆，附上一份清单，我想用我的藏书、家具，以及车马足以还债了。我只想留下那些可以让我重做生意的不值钱的玩意儿。亲爱的阿尔封斯，在有异议时，我将从这里给你寄去一份代我拍卖这些东西的合法委托书。请把我所有的枪械寄给我。你可以把布利东留下，谁也不会出钱买下这匹令人赞叹的好马，我宁愿把它送给你，就像一个临终的人把常戴的戒指送给遗嘱执行人一样。法利——布雷曼车行为我造了一辆非常舒适的旅行车，但他们还没交货。请你设法让他们把车留下，不要向我索取赔偿费。若遭拒绝，请尽量避免有损于我目前处境中的名誉的事。赌博时，我欠了那位岛民六路易的债，请别忘记还他……

“亲爱的堂弟。”欧也妮叫了一声，放下信，拿起一支点燃的蜡烛，迈着碎步匆忙回到房里。她怀着兴奋的心情打开旧橡木家具的抽屉——这是文艺复兴时期最漂亮的家具之一——上面还隐约可见王室著名的“萨拉芒德尔”图案。她从里面取出一个饰以金穗、绣着金线的红绒大钱袋，这是祖母的遗物。然后她自豪地掂了掂钱袋的分量，把忘记了数目的这点积蓄清点了一遍。她先拿出了一七二五年让五世时代铸造的二十枚崭新的葡萄牙金币，每枚实际价值五个葡币，或据父亲说值一百六十八法郎六十四生丁，但常规价可兑换一百八十法郎，这种金币为稀世珍宝，美观大方，闪烁着太阳般的光芒。此外，还有五枚热那亚金币，每枚一百元，也是罕见之物，值八十七法郎，但金币收藏家可出价一百法郎。这些金币都来自拉·贝尔特里埃老先生：三枚西班牙古金币，一七二九年菲力普五世时代铸造，让蒂埃夫人给她时总喜欢说同样的话：“这珍贵的金币值九十八法郎呢！小宝贝，要把它珍藏好，这将来是你私房钱里的精华！”父亲最赏识的一百枚荷兰金币杜卡托（二十三开纯金的），一七五六年铸造，每枚约值十三法郎；一些珍贵的古钱币……守财奴珍惜的奖章，三枚刻有天平的卢比，五枚刻有圣母像的卢比，全都是二十四开纯金的；大蒙古帝国精致的货币，每枚价值三十七法郎四十生丁。对玩黄金的行家来说，一枚可值五十法郎；最后还有前天才得到的随手扔进钱袋的四十法郎一枚的拿破仑。这些宝物中，有簇新的，有从未动用过的金币，全是真正的艺术品，葛朗台老头儿有时询问一番，拿出来观赏一阵，以便告诉女儿这些宝物内在的美，如金丝饰线的精致、底部的光洁、字体的丰满，笔画的棱角没被磨损。但欧也妮既没想这些稀罕之物，也没想父亲的癖好，更没想把父亲喜爱的宝物挪作他用带来的危险。不，她想的只有堂弟，经过不大准确的计算之后，她终于明白她拥有价值约五千八百法郎的财产，按常规价可买到两千埃居，瞧着这些财宝，她高兴地拍起巴掌来，犹如一个充满喜悦的孩子，必须用身体的天真动作来表现一下。因此，父亲和女儿都各自盘算过他们的财富：他是为了卖掉他的黄金；欧也妮则是为了把黄金抛进爱的海洋。她把所有的金币重新装进钱袋，拿着它毫不犹豫地上了楼。堂弟瞒着他人的不幸竟使她忘记了黑夜，忘记了礼貌。况且她的良知，她的献身精神，她的喜悦都在为她鼓励。就在她一手拿蜡烛，一手拿钱袋出现在房门口时，查理醒了，看见堂姐，惊得目瞪口呆。欧也妮走进房间，将蜡烛放在桌上，激动地说："堂弟，我是向您来道歉的，我做了一件很对不住您的事，要是您不怪罪的话，上帝就会饶恕我的。"

"怎么啦？"查理揉着眼睛问道。

"我看了这两封信。"

查理脸红了。

"怎么会发生这种事呢？"她接着说，"为什么我上楼来呢？说实话，我自己也不知道。但读了这两封信并不觉得后悔，因为这使我了解了您的心，您的灵魂，还有……"

"还有什么？"查理问道。

"还有您的计划，您急需一笔钱……"

"亲爱的堂姐……"

“嘘，嘘！堂弟，嗓门别这么高，小心惊醒别人。”她打开钱袋，说，“这是一个别无所求的女子的全部积蓄。查理，收下吧。今天早晨，我对金钱还一无所知，是您教我懂得了钱只不过是一种手段，仅此而已。堂兄弟几乎等于亲兄弟，您完全可以向姐姐借钱呀！”

既是少女又成人了的欧也妮没想过他会拒绝，但查理却沉默不语。

“怎么！您不收？”欧也妮问，在死一般的寂静中几乎可以听到她怦怦的心跳声。

堂弟的犹豫不决羞辱了她，但他急需钱的处境在她脑海里显得更清晰了，于是她跪了下来。

“您不收这钱我就不起来！”她说，“堂弟，求您了，回答一声好吗？要让我知道您是否敬重我，您是否宽容大度，您是否……”

听到高尚的心灵发出的绝望呼喊，查理禁不住流了泪，泪水掉在欧也妮的手上，他正抓住她的手不让她下跪。看见堂弟热泪滚滚，欧也妮跳过去一把抓起钱袋，把钱倒在桌上。

“嗳，这么说您收下了，是不是？”她说，高兴得哭了，“什么也别怕，堂弟，您会成功的。这些金子会给您带来好运，您以后再还我。而且我们还可以合作，我接受您提的一切条件。不过您不要把这份礼的价值看得过重。”

查理终于能够表达自己的感情了。

“是的，欧也妮，要是我拒绝的话，那就太小心眼了。不过，我不能白拿您的钱，信任归信任。”

“您想干什么？”她害怕地问。

“请听我说，亲爱的堂姐，我有……”他没把话说完，指着衣柜上装在皮套里的一只方盒子，“看见了吗，这里有一样东西，我把它看得同我的生命一样宝贵。这只盒子是母亲给我的礼物。从今早起我就想，如果她能从坟墓里出来，她会亲自把为疼爱我花在盒子上的金子卖掉，要是我自己卖，那就是一种亵渎行为。”听到最后一句话，欧也妮颤抖地紧握住堂弟的手。“不，”两人潮湿的眼睛默默地对视了片刻，他又说，“不，我既不愿意毁掉它，又不愿意带它在旅行中冒险。亲爱的欧也妮，我把它交您保管。即使是朋友间，也从不托付一件比这更神圣的东西。您自己看吧。”他走过去拿起盒子，取下皮套，打开盖子，伤心地给堂姐看。这只盒子做工精巧，使黄金的价值远远超过了黄金本身重量的价值。欧也妮看了惊叹不已。“这还不算什么，”他说着，压下弹簧，里面又露出一个底层，“这才是价值连城的东西。”他取出两幅肖像，这是德·米尔贝尔夫人的杰作，周围嵌满了珍珠。

“噢！这女人真漂亮！她是不是您写信去……”

“不是，”他笑着说，“这是我母亲，那是我父亲，也就是您的叔父和婶婶。欧也妮，我得跪下求您为我保存这件宝贝。要是我带着您不多的财产送了命，这金子就用来赔偿您的损失，我只把这两幅肖像留给您一个人，只有您才配保存他们。可是您宁可把它们毁掉也绝不能被他人染指……”欧也妮默不作声。“嗨！那您同意了，是不是？”他潇洒地补充了一句。

听了堂弟一席话，欧也妮瞟了他一眼，这是一个多情的女子第一次充满娇气和深沉的目光，查理拿起她的手吻了一下。

“圣洁的天使，你我之间钱算不了什么，对不对？感情才是最高尚的，从今后感情就是一切。”

“您很像您母亲，她的声音和您的一样温柔吗？”

“噢！比我的温柔多了……”

“是的，对您是这样的，”她说着垂下眼睑，“好了，查理，去睡吧，我要您去睡，您累了，明天见。”

她轻轻地把手从查理手中抽出来，查理照着亮送她出去。走到门口时，他说：“啊！我为什么破产了呢？”

“没什么！我父亲有的是钱，我相信。”她说。

“可怜的孩子！”查理在房里朝前迈一步靠在墙上，说，“他要有钱就不会看着我父亲死掉，就不会让您在困境中生活，总之，他的生活是另一种样子。”

“可是他有弗罗瓦丰。”

“弗罗瓦丰值多少钱？”

“我不知道，他还有诺阿耶呢。”

“糟极了！”

“他还有葡萄田和牧场呢……”

“那就更不值一提了，”查理轻蔑地说，“要是他有两万四千里弗尔的收入，您还会住在这间又冷又穷酸的卧室里吗？”他说着又把左脚向前迈了一步。“我的宝贝要放在这里面吗？”他指着一只旧箱子问道，想以此掩饰他的思想。

“去睡吧。”她说，不想让他进乱糟糟的卧室。

查理退了出去，彼此微微一笑，算是道了晚安。

两人在同样的梦境中入睡，从此查理在他的悲痛里扔进了几朵玫瑰花。第二天早晨，葛朗台夫人发现女儿在饭前陪查理散步。年轻人仍旧愁云满面，好像一个不幸的人堕入悲痛的深渊，估算无底洞的深度，深感未来生活的重担全压在他身上。

“父亲吃晚饭时才能回来。”看到母亲脸上的焦虑神色，欧也妮说。

从欧也妮的举止、面部表情和显得特别温柔的声音里，不难看出她和堂弟思想上的一致。也许在感受到将他们融为一体的感情力量之前，他们的灵魂已经热烈地结合在一起了。查理待在客厅里，心情忧郁，没人来打扰他。三个女人都在忙各自的事。葛朗台忘记了已答应过的事，结果家里来了许多人。瓦工、管子工、泥水匠、挖土工、木工、园林工、佃户等等，有的来签订修理合同，有的来交租或来收钱。葛朗台夫人和欧也妮跑前跑后回答工人和乡下人没完没了的问题。娜侬把交来的东西放进厨房。要想知道哪些该留在家里哪些该拿到市场上卖掉，她总要等主人发令才行。老头儿的习惯同众多乡绅一样，喝质量低劣的酒，吃腐烂变质的水果。晚上五点左右，葛朗台从安茹回来了，他用黄金换了一万四千法郎，钱袋里装着王室发行的国库券，直到他买公债前，能给他带来可观的利息。他把高尔努瓦利埃留在安茹，让他细心照料累得半死不活的马四，等它们歇够了再慢慢牵回来。

“夫人，我从安茹回来了，”他说，“肚子饿极了。”

娜侬在厨房里大声问道：“从昨天起您什么也没吃吗？”

“没有。”老头儿回答。

娜侬端来了菜汤。全家人正吃饭时，德·格拉森来听他主顾的指示了。葛朗台竟然没看见他侄儿。

“您慢慢地吃吧，葛朗台，”银行家说，“咱们过会再聊。您知道安茹的金价吗？南特人跑到那里去套购，我要送去一些。”

“用不着了，”老头儿说，“已经足够了。咱们是好朋友，我不想让您浪费时间。”

“可是金价涨到十三法郎五十生丁了。”

“您该说曾经涨到这个价。”

“见鬼，你这家伙从哪里回来的？”

“我昨天半夜去了安茹。”葛朗台低声说。

银行家吃惊地一颤。然后两人咬着耳朵交谈起来，说话中，德·格拉森和葛朗台瞧了查理好几眼。可能是老箍桶匠要银行家替他购进十万里弗尔债券，德·格拉森再次做了一个惊讶的手势。

“葛朗台先生，”他对查理说，“我要去巴黎，如果您有什么事要我……”

“没什么事，先生，谢谢您。”查理答道。

“侄儿，要谢得比这再重些。先生是去料理纪尧姆·葛朗台商号的事情的。”

“这么说还有点希望了？”查理问。

“可是，”老箍桶匠带着佯装自豪的神气叫道，“难道你不是我的侄儿？你的名誉就是我们的，难道你不姓葛朗台吗？”

查理起来搂着葛朗台拥抱了他，脸色发白地走了出去。欧也妮望着父亲，佩服得五体投地。

“那么再见了，好朋友。一切仰仗您了。代我好好款待那伙人！”两位外交家握手告别，老箍桶匠把银行家一直送到大门口，然后关上门。进了屋，躺在扶手椅里对娜侬说：“把黑茶藨子酒拿来。”他过分激动地坐不住了，于是站起来瞧着德·拉·贝尔特里埃先生的肖像，踏着娜依称作的舞步，唱了起来：

在法兰西国民自卫军里，
我有过一个好爸爸。

娜依、葛朗台夫人和欧也妮相互对视了一眼，默不作声。葡萄园主快活到极点时，她们总觉得很害怕。晚上的聚会很快结束了。先是葛朗台先生想早点就寝，他要是一睡觉，全家人都得上床，正如奥古斯特一喝酒，全波兰得醉倒一样。其次，娜依、查理和欧也妮也同主人一样感到疲倦。至于葛朗台夫人，睡觉、吃饭、喝酒、走路都要按丈夫的意思办。然而，从饭后等待消化的两个小时里，从来没那么滑稽的老箍桶匠说了许多不寻常的话，其中一例足以说明他的想法。他喝完酒，凝视着酒杯。

“嘴唇刚碰到，杯子就干了！这就是做人的道理。人不能把现在和过去都占着，钱不能花掉了又留在钱袋里，不然人生也就太美了。”

他很快活也很和善。娜依搬来纺车，他说：“你大概也累了，别纺了。”

“啊！好！不过我会厌烦的。”女佣说。

“可怜的娜依！你想喝点茶藨子酒吗？”

“啊！茶藨子酒，那可要喝点。夫人做的要比药剂师做得好，他们卖的简直是药。”

“他们放糖太多，没一点酒味儿。”老头儿说。

第二天早上八点。全家人坐在一起用早餐，第一次呈现出融洽的景象。苦难很快把葛朗台夫人、欧也妮和查理联系在一起，就连娜依也不知不觉地同情他们。四个人变成了一家。至于老葡萄园主，他的吝啬得到了满足，又眼看花花公子即将出走，除了去南特的旅费外，他不用再掏腰包，所以即使侄儿还住这里，也就无所谓了。他让两个孩子——他这样称呼查理和欧也妮——在葛朗台夫人的眼皮底下随意行动，关于宗教道德方面的事，他百分之百地信任妻子。整治牧场和路旁的水沟，在罗亚河边种白杨树，在葡萄园和弗罗瓦丰干冬天的活，这一切忙得他团团转。从此欧也妮爱情的春天开始了。自那天夜里把财宝送给堂弟时，她的心也随之而去。两人合谋保守同一个秘密，彼此相视表示了解至深，使他们的感情升华，更加一致，更加亲密，仿佛生活在另一个天地。亲缘关系就不兴有温柔的口吻和含情脉脉的目光？因此，欧也妮乐于以初恋和孩子般的欢乐来消除堂弟的痛苦。在爱情的开始和生命的开始之间就没有动人的相似之处？我们不是用甜蜜的歌声和亲切的目光使孩子进入梦乡吗？不是给他讲神奇的故事使其未来变得灿烂辉煌吗？希望不是永远向他展开绚丽的双翼吗？他不是忽而因喜悦而涕忽而因痛苦而号吗？他不是为不足挂齿的小事，或为了建造活动宫殿的石子，或为了刚剪下立即被遗忘的花束而争吵不休吗？他不是渴望抓住时机急于长大成人吗？爱情是我们的第二次转变。在欧也妮与查理之间，童年和爱情融为一体，伴随着稚气的疯狂初恋，使被忧伤笼罩的心格外温柔。在服丧期的挣扎中产生的爱情同这座外省破旧屋子的俭朴颇为和谐。在寂静的院子里，查理和堂姐靠在井旁交谈几句；坐在小花园长满青苔的长凳上，他们神情专注地说些索然无味的谈话直到日落西山；或在笼罩着院墙和屋子的寂静中沉思——好像在教堂的拱廊下面，查理这才懂得了爱情的神圣。因为他的贵妇人，亲爱的阿奈特，让他感受到的只是爱情暴风雨般的冲动。此刻他脱离了巴黎那种卖弄风情、虚荣、喧闹的情欲来享受真正完美的爱情。他喜欢这座房屋，不再觉得这里的风俗习惯有多可笑了。他一大早下楼是为了在葛朗台为大家分配食物前同欧也妮谈会儿话。听到从楼梯上传来老头儿的脚步声，他立即溜进花园。这清晨的约会甚至欧也妮的母亲也被蒙在鼓里，娜侬佯装没看见，倒使他们产生了一点小小的犯罪感，为最纯洁的爱情带来了偷情的乐趣。早饭后，葛朗台老头儿出门视察田庄和种植园，查理借机同母女俩坐在一起。帮她们绕线，看她们干活，听她们闲聊，体验着从未经历过的逸乐。这种近似清教徒式的简朴生活深深地感动了查理，使他看到了不知外部世界为何物的灵魂之美。他原以为这些习俗在法国不会有，只在德国存在，而且只是难以置信地出现在奥古斯特、拉封丹的小说里。不久，他发现欧也妮就是歌德理想中的玛格丽特，而且比玛格丽特的缺点少。日复一日，他的目光，他的话语使可怜的少女心醉神迷，她欣喜若狂地投入爱情的激流中。她抓住她的幸福，犹如游泳者抓住一根柳枝爬出水面去岸边歇息，即将离别的悲伤不是已经使逝去的日子里最快乐的时光变得阴郁了吗？每天发生的一桩小事都提醒他们分别在即。德·格拉森走后三天，葛朗台带查理去了初级裁判所，他们庄严的神态是外省人在此种场合所必需的。葛朗台让侄儿签署了一份放弃继承权的文件。可怕的放弃！这无异于离经叛道之举。他又去克律肖家拟就了两份委托书，一份给德·格拉森，另一份给帮他拍卖家具的朋友。接着须办理必要的手续以得到出国护照。最后，当查理在巴黎定做的孝服送到后，他叫来一位索木尔的裁缝把不再穿的衣服卖给了他。此举使葛朗台格外高兴。

“啊！真像出远门发大财的人，”看见查理穿一件粗呢黑礼服，葛朗台说，“好，好极了！”

“先生，请您相信，”查理说，“我很清楚自己现在的处境。”

“这是什么？”看见查理手里拿着一把金子给他看，老头儿眼睛一亮，便问道。

“先生，我把纽扣、戒指和全部有点价值的东西集在一起，但我这里人生地不熟，所以今早我想请您……”

“请我买下这些东西？”葛朗台打断他的话。

“不，伯父，请您为我找一个正派人……”

“把这全给我，侄儿，我到上面去估个价，然后回来告诉你到底值多少，差不了一个生丁。这是首饰金，”他瞧着一条长金链说，“十八至十九开。”

老头儿伸出大手拿走了这堆金子。

“堂姐，”查理说，“这两颗纽扣送给您，系上饰带，戴在手腕上，就是眼下时髦的手镯。”

“那我就收下了，堂弟。”她说着，朝他投去会心的目光。

“伯母，这是家母的针箍，我一直把它珍藏在旅行梳妆盒里。”查理说着把一只精致的金针箍递到葛朗台夫人面前，这是她十年来梦寐以求的。

“侄儿，太谢谢您了，”她说，眼里充满了泪水，“早晚祷告时，我要最虔诚地为您和您的旅行祈祷。要是我不在世了。欧也妮会替您保存的。”

“侄儿，一共值九百八十九法郎七十五生丁，”葛朗台推门进来说，“不过，为了避免出售的麻烦，我给你付现款……用里弗尔。”

在罗亚河沿岸，“里弗尔”一词意味着六里弗尔一枚的金币不打折扣等于六法郎。

“我不好意思要您这样做，”查理说，“在您住的地方卖我的首饰，我觉得不妥。拿破仑说过家丑不可外扬，所以我感谢您的好意。”葛朗台挠挠耳朵，一时间屋里静悄悄的。“伯父，”查理接着说，同时向伯父不安地望了一眼，仿佛怕触怒他，“堂姐和伯母诚心实意地接受了我的微薄礼物，您是否也能把这副袖扣收下，我已经用不着了，但可以使您记住一个远在天边的可怜的孩子，他将永远怀念那些从此以后成为他的亲人的人。”

“孩子！我的孩子，你不能把自己弄得一贫如洗……你拿了什么，夫人？”葛朗台贪婪地转过身问道，“啊！一只金针箍。那你呢？宝贝女儿？瞧，是只钻石搭扣。好吧，孩子，我留下袖扣，”说着，他握了握查理的手，“不过……你要答应我……付你的……你的，对……你去印度的路费。是的，我要付你的路费。瞧，孩子，尤其是我只估算了天然金的价格，或许做工也能赚点。那就这样吧。我给你用里弗尔支付一千五百法郎，我将向克律肖借这笔钱，因为我手头分文没有，除非贝罗特把已迟付的租款交来。好了，我这就去看看。”

他拿起帽子戴上手套出了门。

“您这就走啊？”欧也妮说着，用又忧愁又敬佩的目光望了父亲一眼。

“必须走。”他低着头回答。

几天来，查理的态度、举止、言谈都显出他悲痛到了极点。但由于深感责任重大，所以从悲痛中汲取了新的勇气。他不再唉声叹气，他已是大人了。看到查理身穿黑色粗呢服——它显得与他苍白的面孔和郁郁寡欢的神态非常协调。下楼来，欧也妮对堂弟的性格就看得更清楚了。这天，母女俩为死者服丧，她们同查理一起去参加教堂为已故的纪尧姆·葛朗台举行的追思弥撒。

午饭时，查理收到了几封巴黎寄来的信，他把信都读了。

“喂！堂弟，您对您的事满意吗？”欧也妮轻声问道。

“孩子，永远不能提这样的问题，”葛朗台答道，“见鬼，我从不对你说我的事，为什么你要管堂弟的闲事？让他清静点。”

“噢！我根本无秘密可言。”查理说。

“哒！哒！哒！侄儿，你将来会知道做生意就得管住自己的舌头。”

当这对恋人单独待在花园里时，查理拉欧也妮坐在核桃树下的一条旧长凳上对她说：“我对阿尔封斯估计得不错，他表现得好极了。他在处理我的事情时既谨慎小心又忠心耿耿。在巴黎，我已没有任何债务，全部家具都以令人满意的价格出手。他在信中告诉我，按照一位远洋船长的建议，他用剩余的三千法郎买了一批欧洲古玩，这些东西可以在印度大赚一笔。他把我的行李运往南特，那里有一艘开往爪哇的船。欧也妮，五天后我们就该说再见了，也许是永远，但至少得很长时间。我的那批货和两个朋友寄来的一万法郎仅仅是开始而已。几年内我不会想到要回来。亲爱的堂姐，不要把我的一生同您的搅在一起。我可能会在异国他乡送了命，而您也许会遇到一桩有钱的婚事……”

“您爱我吗？……”她问。

“噢，是的，很爱。”回答时深沉的语调说明他的感情也同样深沉。

“我会等您，查理。上帝！我父亲在窗口。”她说着，推开了想要拥抱她的查理。

她连忙跑到拱门下，查理一路追来。看见他来了，欧也妮躲在楼梯下，打开了活动门。她不知该往何处去，后来竟然来到了娜侬住的小屋旁，这里是走廊最暗的地方。跟到这里的查理抓住她的手放在自己胸口上，然后搂住她的腰把她轻轻贴在自己身上。欧也妮不再反抗，查理吻了她，她也给了查理一个最纯洁、最甜蜜、也是最投入的一个吻。

“亲爱的欧也妮，堂弟比亲兄弟更好，他可以娶您。”查理说。

“但愿如此！”娜侬打开陋室的门嚷了一声。

两个恋人惊恐万状，急忙跑进客厅，欧也妮拿起自己的活计，查理拿起葛朗台夫人的祈祷书开始读《圣母经》。

“咳！”娜侬说，“咱们都在祈祷啊！”

查理刚宣布即将启程的消息，葛朗台就开始忙碌起来以表示对侄儿的关心。凡是对不花钱的事他都显得慷慨大方，忙着给他找个打包工人，又说此人卖箱子出价太贵，要用旧木板亲自做。他一大早起床就锯木板、刨平、校正、钉钉，做好了几只漂亮的木箱，把查理的全部家当都装了进去。他又负责让人把箱子装到停在罗亚河的船上，保了险，在适当的时候运往南特。

自从在走廊里接吻之后，欧也妮觉得时间过得飞快。有时竟然产生了跟堂弟私奔的念头。凡经受过最亲密的情感的人，经受过因年龄、时间、不治之症以及受宿命论的影响致使这种情感的存在日趋减短的人就会懂得欧也妮所受的折磨。她常常在花园里边走边哭，觉得花园、院子、房屋、城市都变得太狭窄；她已经在浩瀚无际的大海上展翅飞翔了。

终于到了启程的前夕。早晨，乘葛朗台和娜侬不在家，放着两幅肖像的珍贵的盒子被庄严地放进了大柜子唯一的抽斗里，柜子上了锁。里面的钱袋已空空如也了。放这件宝贝时两人热烈亲吻，泪流满面。当欧也妮把钥匙藏在怀里时，竟没有勇气阻止查理吻她的胸脯。

“钥匙将永远在这里，朋友。”

“那我的心也永远在这里。”

“啊！查理，这么说可不好。”语气中略带愠色。

“我们不是已经结婚了吗？”他说，“你向我做了保证，该我向你做保证了。”

“永远属于你！”这句话两人都说了两遍。

世上没有任何诺言比这更纯洁了：欧也妮的单纯——时间使查理的爱情变得神圣了。

第二天早晨，早餐的气氛有些伤感。尽管娜侬接受了查理送给她的绣金睡衣和一枚挂在胸前的十字架，但仍控制不住自己的感情，眼睛里含着泪水。

“可怜的孩子要漂洋过海了，愿上帝保佑他！”

十点钟，全家人送查理乘驶往南特的驿车。娜侬把狗放出来，关好大门，硬要提查理的旅行包。老街上所有的生意人都站在店门口看着这一队人走过，公证人克律肖在广场上恭候他们。

“欧也妮，到时候你可别哭啊。”母亲说。

“侄儿，”葛朗台在旅店门口拥抱查理，吻了他的脸颊，“你身无分文出走，腰缠万贯回来，你会保全你父亲的荣誉的。我葛朗台向你打保票，因为，那时候，只有靠你……”

“啊！伯父，您这么说，我动身时心里好受多了。这不是您送我的最珍贵的礼物吗？”

查理打断了老箍桶匠的话，不明白老头儿的意思，却在伯父黝黑的脸上洒下了感激的泪水，而欧也妮使劲握着父亲和堂弟的手。唯有公证人在一旁微笑，他很欣赏葛朗台的手腕，因为只有他才完全明白老头儿葫芦里卖的什么药。这四个索木尔人以及周围的好几个人等在驿车旁直到它启程。然后，当车子消失在桥上，仅能远远听见车轮滚动的声音时，老葡萄园主说了句：“旅途愉快。”幸而只有公证人克律肖听见了。欧也妮和母亲来到码头还能看见驿车的地方挥动着她们的白手娟，查理也向她们扬着手娟回答。

“母亲，我真想有上帝的威力。”当欧也妮看不见查理的手帕时对葛朗台夫人说。

为了不中断以后在葛朗台家发生的事，有必要把老头儿委托德·格拉森在巴黎办的事提前叙述一下。银行家去巴黎一个月以后，葛朗台登记了以净价八十法郎购买的十万里弗尔的公债。然而直到他死后清点遗产时也没有为生性多疑的老头儿是如何将购公债的款子弄到巴黎的提供任何线索。公证人克律肖认为娜侬在不知其详的情况下成了运送款子的忠实工具。那段时间，女仆外出了五天，借口是去弗罗瓦丰收拾东西，好像老头儿真把什么东西忘在那里了。关于纪尧姆·葛朗台商号的事，老箍桶匠的预料件件都成了事实。

众所周知，法兰西银行掌握着巴黎和各省巨富最准确的情况。索木尔的德·格拉森和菲利克斯、葛朗台名列其中。他们同拥有可自由抵押的巨大地产的著名金融家一样，享有极高的信誉。索木尔银行家——据说由他负责清理巴黎葛朗台商号的债务——的到来足以使证券人放弃签署拒绝证书的初衷，从而使已故的葛朗台避免遭受羞辱。财产启封是当债权人的面进行的，家里请来的公证人按规定登记遗产。德·格拉森很快把债主们召集到一起，一致选举索木尔的银行家和一位财大气粗的商号经理，也是主要当事人之一的弗朗索瓦·克莱尔为清理人，把挽救债权和挽回家族名誉两件事的权力统统交给他们。有索木尔葛朗台的信用，加之德·格拉森分行的斡旋，使债权人有了希望，这都为调和此事提供了方便。顽固不化的债主没有一个。谁也不想把债权转嫁到自己的盈亏账上，他们都在想：“索木尔的葛朗台会偿还的！”半年过去了，那些巴黎人把流通的证券全装进了自己的腰包。这是箍桶匠取得的第一个成果。第一次集会后九个月，两位清理人给每个债权人发了百分之四十七。这笔款项是变卖了已故纪尧姆·葛朗台的证券、动产、不动产以及其他一些零星物品后得来的，事情干得很漂亮。这次清理财产公正无私，毫无弊端。债权人乐于承认葛朗台兄弟俩人的信誉值得钦佩，不容置疑。待这些赞美之词在外界宣布后，债权人就要求偿还剩余的部分了。他们联名给葛朗台写了一封信。

“果然不出我所料！”老箍桶匠把信扔进火里，“耐心点，朋友们。”

作为回答，索木尔的葛朗台要求把有关遗产的所有债权证券以及已付款项的收据存放在一位公证人那里，理由是为了核对账目，准确地证实遗产的现状。这一要求惹来许多麻烦。一般来说，债主的脾气都有点古怪：今天，他准备签订协议，明天又要把一切毁于一旦，过不久，又显得很宽容。今天，他妻子心情好，小儿子长了新牙，家里万事如意，他一个子儿也舍不得；明天，阴雨连绵无法出门，闷闷不乐，凡能结束一桩生意的建议他都答应；后天，他需要得到保证；月底，声称要干掉你，这刽子手！债权人活像一只麻雀，人们鼓动顽童把一粒盐放在它尾巴上。或者把债权看作是这种麻雀，其结果是一无所获。葛朗台观察债主们的神色，而他兄弟的债主们都在他的算计之中。有的大发雷霆，断然拒绝存放证券。“好，很好！”葛朗台读着德·格拉森就此问题写来的信，搓着手说。另一些债权人同意提交，但条件是确认他们的权利，一项都不能放弃，甚至要保留他们宣布破产的权利。经过几次信件来往，索木尔的葛朗台接受了他们提出的全部保留条件。有了葛朗台的让步，温和的债主们说服了强硬的债主，证券终于交了出来，但心里总憋着气。“这老头儿在取笑咱们呢。”有人对德·格拉森说。纪尧姆·葛朗台死后二十三个月，许多商人被巴黎市场的动荡搞得晕头转向，竟然忘记了葛朗台应付的款子，或即使想起来了，也不过私下嘟囔：“我想那百分之四十七就是我能得到的全部款子了。”老箍桶匠对时间的威力早有估计，他说时间是个老好人。第三年底，德·格拉森致函葛朗台，称只要再从所欠的二百四十万法郎里提取百分之十给债权人，他们就把债券交还。葛朗台复信说，彻底破产而导致他兄弟死亡的公证人和经纪人还活得好好的！他们该大度些，应该起诉他们，让他们“出点血”，以减少我方的亏损。第四年终，亏损额被正式定为十二万法郎。于是在清理人与债权人之间，在葛朗台与清理人之间进行了长达半年的磋商。简言之，急于要清账的索木尔的葛朗台在当年的第九个月写信给两位清理人，说他那去印度发了大财的侄儿向他表明了全部偿还父亲债务的意向。但不征得侄儿的同意，他不能擅自付清欠款，他要等侄儿的回音。第五年年中，债权人仍然受困于人品高尚的葛朗台不时挂在嘴边的“全部偿还”这句话，老头儿暗自发笑，每当他说“这些巴黎人”时，总带着奸笑诅咒一番。但债权人闻所未闻的命运被商业大事记记录在案。在故事的结局迫使债权人重新亮相时，他们仍处于当初被葛朗台控制的地位。债券涨到一百十五法郎时，葛朗台老头儿抛了出去。并从巴黎提回了二百四十万金法郎，连同公债为他带来的六十万法郎的复利全部装进了他的木桶。德·格拉森一直待在巴黎，原因是：首先，他被任命为议员；其次，他虽成了一家之主，却对索木尔的生活厌倦透顶，迷上了“公主剧院”一个最漂亮的女演员弗罗琳，当年他在军队中任军需官的影子又在银行家身上再现了。毋庸置疑，这种行为在索木尔被认为有伤风化。他夫人很幸运，同他分了家，井井有条地管理着索木尔的商号，使其在她的名义下继续运转以弥补德·格拉森先生的荒唐行为造成的损失。几位克律肖落井下石，使这个守活寡的女人处境更糟，以致她嫁女儿的事办得一塌糊涂，也不得不放弃要儿子娶欧也妮的念头。阿道夫在巴黎同德·格拉森鬼混在一起，据说成了一个大坏蛋。克律肖一伙终于战胜了对手。

“您丈夫真不懂情理，”葛朗台凭实物担保借一笔款给德·格拉森夫人时说，“我很同情您，您的确是一位贤妻良母。”

“啊！先生，”可怜的女人回答道，“谁能相信他从您家动身去巴黎时的那一天，竟是走上绝路的开始。”

“苍天为我作证，夫人，我直到最后一刻还阻止他去巴黎呢。可所长先生极力想亲自去。我们现在才明白他当时争着要去的原因了。”

这样，葛朗台就不再欠德·格拉森的人情了。

在任何处境中，女人痛苦的原因比男人多，并且比男人的痛苦深。男人有力量，有精力需要发泄，他要干事、奔波、忙碌、思考、拥抱未来，从中找到安慰。查理正是如此。但女人守在家中，面对悲伤无法解脱。她们陷入悲伤打开的无底深渊，测其深度，常常用愿望与泪水填补。欧也妮正是如此。她刚迈进命运的门槛。感受、爱、受苦、牺牲永远是女人生活中的必修课。欧也妮该是一个真正的女人了，却没有女人应得的安慰。她的幸福，正如博絮埃精辟的说法，好像墙上的钉子，收集得再多也不可能有填满手心的那一天。悲伤从不会让人久等，欧也妮的悲伤近在眼前。查理走后第二天，葛朗台的家在众人眼里又恢复了往日的面目，欧也妮例外，她觉得这个家一夜之间变得空荡荡的。她要瞒着父亲使查理住过的房间保持他离开时的样子。葛朗台夫人和娜侬很乐意成为维持“现状”的同谋。

“谁知道他不会比我们希望的更早一些回来呢？”她说。

“啊！我多想在这里再见到他，”娜侬回答说，“我已经习惯服侍他了！他那么温柔、可爱，人长得又漂亮，鬈鬈的头发活像个姑娘。”欧也妮瞟了一她眼。

“圣母玛丽亚！小姐，您这眼睛会让灵魂入地狱的，别这么瞧人家呀！”

从这天起，葛朗台小姐的美貌有了新特点。慢慢渗入心中的对爱情的认真思考与热恋中的女子的自尊心为她的容貌增添了几分画家用光环描绘的光泽。在堂弟到来之前，欧也妮可以同未受圣胎的童贞女相比，堂弟走后，她仿佛是真正的圣母玛丽亚了：她心中也有了爱情。被一些西班牙画家表现得栩栩如生，如此不同的两个玛丽亚是基督教中最多最光辉的形象之一。查理动身后的第二天她去教堂做弥撒——她曾发誓每天去一次教堂——回家的路上在书店里买了一张世界地图钉在镜子旁边，为的是在堂弟去印度的旅途中陪伴他，早晚坐在他船上，看着他，向他提数不清的问题，对他说：“你好吗？不难受吗？看到这颗你教我了解它的美丽与用途的星星时，是不是很想我？”早晨，她坐在核桃树下那张长满青苔虫蛀了的长木凳上沉思，在这张长凳上，他们彼此说过那么多甜蜜的话，那么多傻话，设想他们婚后的美满生活。她望着围墙上空露出的一小块蓝天憧憬未来，又望着古老的墙壁和查理卧室的屋顶。总之，这是孤独的爱情，是持久的、渗入各种思想并成了实体的爱情，或如我们父辈所言，是生命的素材。当自称是葛朗台老头儿的朋友们晚上来玩牌时，她显得很高兴，却不露真情。可是整个上午她都在同母亲和娜侬一起谈论查理。娜侬明白她可以对年轻的女主人遭受的痛苦表示同情又不擅离职守。她对欧也妮说："如果我有一个心上人，我就会……跟他入地狱。我会……什么……总之，我会为他去死，可是……啥也没有啊！我到死也不知道人生是怎么回事。小姐，您相信吗，高尔努瓦利埃老头儿人挺不错，他总是缠着我，想必同我的年金有关，就像那些来这里为嗅一嗅先生的钱财而奉承您的人。我可看透了，虽说我胖得像头猪，可我脑袋还机灵着呢！不过，小姐，虽说这不是什么爱情，可我还是感到高兴。"

两个月就这样过去了。往日单调乏味的家庭生活因深深关切欧也妮的秘密而变得生机勃勃，这使三个女人的关系更加亲密无间。她们觉得查理仍在客厅灰暗的楼板下生活，走来走去。每天早晚，欧也妮打开梳妆盒，凝视着婶婶的肖像。一个星期天的早晨，她正专心致志地在肖像上寻觅查理的相貌时被母亲撞见了。葛朗台夫人这才知道了查理同欧也妮交换宝物的可怕秘密。

"你把一切都给了他！"惊呆了的母亲说，"过新年时，父亲要看你的金币时，你怎么对他说？"

欧也妮两眼发直，整个上午，两个女人都是在深深的恐惧中度过的。慌乱中竟然忘了做大弥撒，只好参加不唱歌的弥撒。再过三天，一八一九年就要结束。再过三天，要发生一件可怕的事情，一出没有毒药，没有刀光剑影，没有流血的平凡悲剧即将上演。可对剧中人来说，它比著名的阿特里德家族发生的悲剧更加残酷。

"我们该怎么办呢？"葛朗台夫人把手里的活计放在膝盖上问道。

两个月来，可怜的母亲心烦意乱，结果连过冬的毛袖套也没织完。表面上这件小事无关紧要，可对她却产生了可悲的后果，因没袖套，丈夫对她大发雷霆。吓得她出了一身冷汗，最终得了风寒。

“可怜的孩子，我原想让你早点把事情告诉我，我们就来得及给在巴黎的德·格拉森先生写封信，他会设法弄到一些类似的金币寄给我们；虽说你父亲看得眼熟，或许……”

“可我们从哪儿弄这么多钱呢？”

“我可以先把我的钱押上，何况德·格拉森先生给我们……”

“来不及了，”欧也妮用低沉的、变了样的声音打断母亲的话，“明天早晨，我们不是得去他房里拜年吗？”

“不过，孩子，我为什么不能去拜访一下克律肖他们呢？”

“不行，不行，这等于把我出卖了，让我们受他们的控制。而且我已经打定主意，我做得对，绝不后悔。上帝会保佑我的。但愿如此！啊！母亲，要是您读了他的信，也就会只想到他了。”

第二天早晨，是一八二〇年元旦，深感恐惧的母女俩想出了最自然不过的托词不再郑重其事地去葛朗台的卧室拜年。一八一九年至一八二〇年是当时最寒冷的冬天，屋顶上覆盖着厚厚的积雪。

葛朗台夫人听到丈夫房里有动静，就对他说：“葛朗台，让娜侬在我房里生个火，大冷的天，我在被窝里都冻僵了。我这把年纪，需要多点照顾。”她停了片刻接着说：“更何况欧也妮要来我房里更衣。这种天气，可怜的孩子在她房里梳洗会生病的。过一会我们在客厅的火炉旁给你拜年。”

“哒！哒！哒！哒！怎么这么啰唆！葛朗台夫人，你就是这么开始新年的？你从没这么唠叨过。我想你没吃蘸了酒的面包吧？”两人都不作声了。“那好吧，”老头儿接下去说，大概是妻子的话起了作用，“那就按你说的办，葛朗台夫人。你的确是个大好人，我可不想让你在这把年纪发生不测，尽管拉·贝尔特里埃家的人结实得像头牛。嗯！不是吗？”停了一会儿又说，“无论如何，咱们继承了他们的遗产，我原谅他们。”接着传来了他的咳嗽声。

“你今天早上很高兴啊，先生。”可怜的女人严肃地说。

“我么，总是很高兴的……

高兴，高兴，真高兴，箍桶匠，

修补修补你的酿酒桶。”

他哼了几句，穿得整整齐齐进了妻子的房间。“真的，冷得够呛！夫人，我们好好吃一顿。德·格拉森给寄来了配块菰肥得流油的鹅肝！我要去驿站取回来。”他又附在妻子耳边说：“他大概也给欧也妮捎来了一枚值双倍价的拿破仑。我的金子全光了，夫人。我原先还有几枚古币，这话只能对你说，可为了生意上的事必须花掉。”他吻了妻子的前额，向她祝贺新年。

“欧也妮，”母亲叫道，“我不知道你父亲是怎么了，今早情绪很好。唔！我们会度过这一关的。”

“主人这是咋了？”娜依来女主人房里生火时说，“他先对我说：‘大胖子，你好，祝你新年快乐！去夫人房里生个火，她冷得很。’然后给了我一枚六法郎的金币，锃光发亮，完美无缺，我简直傻眼了！夫人，您瞧瞧吧！啊！他是个大好人，一个高尚的人。有些人愈老愈狠，可他呢，温柔得像您的茶藨子酒，年头愈长味道愈好。真是个地地道道的大好人……”

葛朗台今天如此高兴是因为他的投机生意大获成功的缘故。德·格拉森先生把箍桶匠在贴现上欠他的十五万法郎的荷兰证券的款项以及为补足购进十万里弗尔的公债所需款项而垫付的余额扣除之后，通过驿站给他补足了一个季度三万法郎的利息，并向他通报了公债上涨的消息。公债已涨到八十九法郎，最有名的资本家在元月底购进时为九十二法郎。葛朗台两个月投资赚了百分之十二，他已核对了账目，以后每半年只管收五万法郎，既不用交税，也不用交补偿费。对外省人厌恶的公债投资，他却弄得一清二楚，五年内，他无须多费心，连本带利可得六百万，再加上田产的价值，就是一笔大得惊人的财富。给娜依的那六个法郎也许是女仆在不知实情的情况下为主人帮了大忙而付给她的酬劳。

“噢！噢！葛朗台老头儿去哪儿呀，一大早像救火似的跑得飞快？”忙着开店门的商人们思忖。不久，他们看见他从码头上回来，后面跟着一个驿站上的邮差，独轮车上放着鼓鼓的袋子。一个说：“水总是要流到河里的，老头儿是去拿钱的。”另一个说：“这水是从巴黎、弗罗瓦丰、荷兰流来的。”第三个嚷道：“他最终是要买下索木尔城的！”一个女人对丈夫说：“他不怕冷，总在忙自己的事。”葛朗台的近邻，一个呢布商对他说：“喂！喂！葛朗台先生，要是您不方便的话，我帮您卸下来。”

“嗨！不过是些铜子儿。”葡萄园主答道。

“是银子。”邮差低声说。

“如果你还要我照应的话，就闭上你的嘴。”老头儿开门时对邮差说。

“啊！老狐狸，我以为他是聋子呢，”邮差心想，“好像天冷他倒听得清。”

“赏你二十个子儿，别作声！快走吧！”葛朗台对他说，“娜侬会把你的独轮车还回去的。娜侬，娘儿俩是不是在做弥撒？”

“是的，先生。”

“喂！快来干活！”他叫着把袋子交给了娜侬。转眼间，钱进了他的密室，然后把自己关在里面：“早餐准备好了，就敲敲我的墙。你现在就把独轮车送回驿站。”

十点钟全家人才吃早饭。

“你父亲不会在这里看你的金币，”葛朗台夫人做完弥撒回来时对女儿说，“而且，你可以装成怕冷的样子。这样，我们就有时间在你过生日那天把金子凑齐……”

葛朗台边下楼边想着很快把巴黎送来的钱变成黄金，还想着他做公债投机生意居然大捞了一把。他决定把他的收入都投进去直至公债利率涨到一百法郎为止。老头儿的算盘给了欧也妮致命的一击。他刚一进屋，母女俩立即向他拜年，女儿跳过来搂着他的脖子撒娇，葛朗台夫人却是那么严肃、庄重。

“啊！啊！孩子，”他说着吻了女儿的双颊，“我在为你操劳呀，看见了吗？……我要你过好日子，过好日子就得有钱，没钱，全完蛋！瞧，这是一枚簇新的拿破仑，是我让人从巴黎捎来的。真见鬼！家里连一粒金子都没有了，只有你有金子。宝贝女儿，把你

的金子拿出来看看。”

“唔！太冷了！咱们先吃饭吧。”欧也妮说。

“嗳！那好，吃了饭再看，嗯？这能帮我们消化呢。德·格拉森这胖子还给我们送来这么多东西，”他说，“那就吃饭吧，孩子们，反正不花咱们一文钱。德·格拉森很不错，我对他很满意。这家伙为查理办事，而且分文不取。他把我那可怜的兄弟的事办得很好——呜！呜！”他满嘴食物哼了两声。过了一会儿，又说：“真好吃！夫人！吃呀！至少可以两天不吃饭。”

“我不饿，我向来虚弱，这你是知道的。”

“啊！嗳！你可以吃得饱饱的，不用怕撑破肚皮，你是拉·贝尔特里埃家的人，身体棒得很。你是一根黄草，我就喜欢黄颜色。”一个等待被当众受辱处死的罪犯或许也没有葛朗台夫人母女俩等待饭后发生的事那么恐惧。老葡萄园主愈谈笑风生，愈大嚼大咽，母女俩的心愈揪得紧。然而女儿在此刻还是有依靠的：她从爱情中汲取力量。

“为了他，为了他，”她心想，“千刀万剐，死而无憾。”

想到此，她朝母亲望了一眼，目光中闪着勇敢的火花。

约十一点，吃完早餐，葛朗台对娜侬说：“全搬走，把桌子留下。”他又瞧着欧也妮说：“现在咱们可以舒舒服服地看你的宝贝了。孩子，真的！你足有价值五千九百五十九法郎的财产，加上早上给你的四十法郎，一共是五千九百九十九法郎。好吧，我再给你一法郎凑个整数。因为，你瞧，宝贝女儿……咦！娜侬，你干吗听我们说话？快走，干你的活去。”娜侬走了，老头儿接着说：“听着，欧也妮，你得把你的金子给我。小宝贝，你总不会拒绝你父亲吧？嗯？”母女俩默不作声。“我么，我没金子了。我过去有，现在没有了。我将还你六千法郎的里弗尔，照我说的那样把这笔钱投出去，别再想什么‘杜赞’了。你出嫁时——这一天很快就到——我会替你找个夫婿，他会给你一笔最阔绰、外省人从未听说过的‘杜赞’。听着，小宝贝，眼下就有一个好机会：你把六千法郎买了公债，每半年就会得到二百法郎的利息，没捐税，没补偿费，没有冰雹，没有霜冻，没有潮汐，凡给收入找麻烦的事统统没有。也许你不情愿把金子脱手，嗯，小宝贝？那你就给我吧。我以后会为你收集一些金币，荷兰的，葡萄牙的，蒙古卢比，热那亚的，再加上你过生日时我将给你的，三年内，你那份令人羡慕的小家产就恢复了一半。你还会说什么呢，小宝贝？抬起头来。好了，去取金子吧，孩子。我把钱的生死秘诀告诉了你，你该吻吻我的眼睛呀！说实在的，钱像人一样是活的，会动，会来，会去，会出汗，会繁殖。”

欧也妮站起身来，向门口走了几步后突然转过身，眼睛盯着父亲，对他说：

“我的金子没有了。”

“你的金子没了？”葛朗台大叫一声，两腿骤然挺直，立了起来，好似一匹听见身边大炮轰鸣受惊了的马。

“是的，没有了。”

“你有没有搞错，欧也妮？”

“真的没了。”

“你爷爷的剪枝刀！”

每当箍桶匠这样诅咒时，楼板都会颤抖的。

“上帝啊！夫人的脸都变白了。”娜侬叫道。

“葛朗台，你发这么大火，非把我吓死不可！”可怜的女人说。

“哒！哒！哒！哒！你们这帮人，在家里是死不了的！欧也妮，你拿金子干什么了？”老头儿扑向女儿吼道。

“先生，”女儿跪在葛朗台夫人身边求道，“母亲已经够难受了，您瞧，可别把她整垮呀。”

葛朗台看见妻子平时发黄的脸变得煞白，也怕得不得了。

“娜侬，快扶我去睡觉，”葛朗台夫人声音微弱地说，“我要死了。”

娜侬连忙过来搀扶女主人，欧也妮也上前帮她。两人费了九牛二虎之力才把夫人扶进卧室，因为她上楼梯时几乎晕倒。葛朗台独

自留在下面。过了一会儿，他登上七八级楼梯，朝上喊道："欧也妮，你母亲睡了就下来。"

"是，父亲。"

安慰过了母亲，欧也妮一分钟也不敢耽搁赶紧下楼。

"孩子，"葛朗台对她说，"告诉我你的金子哪里去了？"

"父亲，要是我不能完全支配您给我的东西，那您拿回去好了。"欧也妮冷冷地回敬了一句，在壁炉上找出那枚拿破仑还给父亲。

葛朗台生气地一把抓过来塞在自己钱袋里。

"我想我再也不会给你任何东西了，连这也不给！"他说着用门牙把大拇指的指甲咬得咯咯作响。你瞧不起你父亲，所以就不信任他，你不知道父亲意味着什么？他对你，要么是一切，要么一文不值。你的金子在哪儿？"

"尽管您生我的气，我还是爱您，敬重您。不过恕我提醒您，我已经二十二岁了。您常说我已经长大了，无非是要我知道这一点。我把我的钱用来做了我乐意做的事，请您放心，我的钱用在很妥当的地方……"

"用在哪里？"

"这秘密绝不能泄露，"她说，"难道您没有自己的秘密吗？"

"我是一家之主，我不能有自己的事吗？"

"这可是我的事。"

"这一定不是什么好事，不然你怎么不能告诉父亲呢，葛朗台小姐。"

"是一件大好事，可就是不能告诉父亲。"

"至少告诉我你什么时候把金子给出去了？"欧也妮摇摇头，"你过生日那天还在，嗯？"欧也妮被爱情熏陶出来的狡猾绝不亚于父亲被吝啬熏陶出来的狡猾，她还是摇摇头。"从没见过如此执拗的人，这么偷东西的，"葛朗台的嗓门愈来愈高，满屋子都听得见，"怎么？在这儿，在我家里，竟然有人拿走你的金子！家里仅剩的一点金子！而我竟然不知道是谁干的！金子是宝贝，最诚实的姑娘也会有错的，至于把随便什么东西给了人，这在大户人家，甚至平民百姓家也是常有的事，可把金子给人！因为你肯定把金子给了什么人，嗯？”欧也妮面无表情。“简直没见过这样的姑娘！我是不是你父亲？如果你把金子存到了什么地方，就该有个收据……”

“我是否能自由支配这笔款子？是，还是不是？这是不是我的钱？”

“可你还是个孩子呀！”

“成年了。”

被女儿的雄辩震惊了的葛朗台脸色发白，跺脚，诅咒，终于找到了要说的话：

“你这没出息的东西，你这条毒蛇！你知道我喜欢你，你就不知天高地厚了。你要掐死父亲！没错，你要把咱们家的财产送给那个穿摩洛哥皮靴的叫花子！你爷爷的剪枝刀！我不能剥夺你的继承权，该死的家伙！可我要诅咒你，你，你堂弟，你的孩子！你不会从他们身上得到任何好处，你听见没有？要是你给了查理……这不可能。什么！这恶棍竟敢从我这里抢……”他瞧着女儿，她冷冰冰的，一言不发。

“你一动不动，眉头也不皱一下，比我葛朗台还要葛朗台。至少你不会把金子白扔了吧？得了，说呀！”欧也妮望了父亲一眼，嘲讽的目光把老头儿激怒了，“欧也妮，你是在我家，在你父亲家。要想留在这里，就得听从父亲的命令。神甫也要你服从我。”欧也妮低下头。“你触犯了我最宝贵的东西，”他接着说，“你要是不屈服，我就不想再见到你。回你房间去！我不发话，就不许出来。就等着吃面包和凉水吧，我让娜侬待会送上去。听见了没有？快走！”

欧也妮痛哭流涕跑到母亲身边。葛朗台不顾寒冷在花园里的雪地里兜了好几个圈子，突然怀疑女儿可能在妻子房里。她想把违抗命令的女儿当场捉住，这念头让他一下子兴奋起来，于是像猫一般敏捷地爬上楼梯，闯进葛朗台夫人的卧室，看见欧也妮把脸埋在母

亲怀里，妻子抚摸着女儿的秀发，说：

“别哭了，可怜的孩子，你父亲的气会消的。”

“她再没父亲了！”老箍桶匠说，“葛朗台夫人，这不听话的女儿是不是你和我的？还受过什么教育，尤其是宗教教育！怎么，你不在自己房里？好了，去牢房，小姐。”

“你想把女儿从我身边抢走吗，先生？”葛朗台夫人说，她正在发烧，脸色通红。

“要想留下她，就把她带走，你们娘儿俩统统离开这个家。天杀的！金子在哪儿？金子怎么啦？”

欧也妮起身，骄傲地瞟了父亲一眼，回自己房里去了。她刚一进屋，老头儿就把门从外边锁上了。

“娜侬！”他叫道，“把厅里的火熄掉！”然后他坐在夫人卧室壁炉边的扶手椅里，对她说：“她大概把钱给了查理那个迷人的坏蛋，他只想着我们的钱。”

葛朗台夫人在对女儿有威胁的冒险和对她的感情中居然有了足够的勇气和力量，表面上却十分冷漠，默不作声，无动于衷。

“这事我一点都不知道，”她回答着，在床上翻了个身，面对墙壁以避开丈夫炯炯的目光，“你那么凶，我很难受，我有预感，只能从这里直挺挺地出去了。此刻你总该饶了我吧，我从没有让你生过气，至少我这样想。你女儿是爱你的，我相信她像刚出生的婴儿，是无辜的，所以别让她伤心，放她出来。这么冷的天，你会让她得重病的。”

“我不想再见到她，也不想同她说话，她必须待在房里，只能吃面包喝冷水，直到使她父亲满意为止。真见鬼！一家之长总该知道金子到哪儿去了吧？她的卢比在法国或许也是稀世珍宝，还有热那亚金币、荷兰杜加。”

“先生，欧也妮是我们的独生女，即使她把这些钱丢进水里……”

“丢进水里！”老头儿大叫，“丢进水里！你疯了，夫人。我说一不二，这你知道。如果你想让家里平安无事，就让女儿招认，把实情说出来。女人之间容易沟通，比我们这些男人强。不管她干了什么，我吃不了她。她是不是怕我？就算她把堂弟从头到脚裹了金，他正在茫茫大海上漂泊，我们也无法去追他呀……”

“那么，先生，”由于神经过敏，或是女儿的不幸使她变得更温柔更聪明了，就在她回答问题的一刹那，葛朗台夫人敏锐的目光发现丈夫的肉瘤可怕地动了一下，于是她马上改变主意，但语气没变，“那么，先生，你对女儿没有权威，难道我就有吗？她对我守口如瓶，这一点很像你。”

“该死的！今天早上你真唠叨！哒！哒！哒！哒！你在嘲笑我吧？也许你同她早就串通好了。”

他两眼盯着妻子。

“说实话，葛朗台先生，如果你想要我的命，那就说下去吧。我告诉你了，先生，即使我把命搭上，还是要告诉你：你这样待女儿是不对的，她比你讲理。这笔钱是她的，她只会派上好用场，只有上帝才了解我们办的好事。先生，我求你饶恕欧也妮好吗？放过了她，你发火对我的打击就会减轻，也许还会救我一条命。女儿啊！先生，还我女儿！”

“我走了，”他说，“这家简直待不下去了，你们母女俩的想法、说话好像……布鲁！扑阿！过新年你就送我这么残酷的礼物，欧也妮！”他喊道，“是呀！是呀！你哭吧！将来你会后悔的，听见没有？如果你把你父亲的金子送给一个游手好闲的家伙，那每月吃两次圣餐又有何用？你只有心可以给他时，他也会把它吞掉的。你那个穿着摩洛哥皮靴不可一世的查理到底值几个钱？既然他敢不经过姑娘父母的允许就把她的宝物带走，那他定是个没心肝没灵魂的坏蛋。”

临街的门关上后，欧也妮走出卧室来到母亲身边。

“为了女儿，你刚才可真勇敢。”她对母亲说。

“孩子，你看，违禁的事会把我们搞成什么样子呢？你让我撒了谎。”

“噢！我乞求上帝只惩罚我一个人好了。”

“真的吗？”娜侬惊慌地来问，“小姐以后就光吃面包喝冷水了？”

“娜侬，这又有何妨？”欧也妮平静地说。

“啊！小姐啃干面包我吃好的，那可不行。不，不。”

“别再说了，娜侬。”欧也妮说。

“我可以不说，可您等着瞧吧。”

二十四年来，葛朗台第一次独自吃晚饭。

“先生，您不成光棍了吗，”娜侬说，“家里有两个女人还做光棍，这滋味可不好受啊！”

“我不跟你说话，闭上嘴！不然我赶你走，你那锅里煮的什么，在炉子上噗噗直响？”

“我在炼猪油呢……”

“今晚家里要来客人，把火生着。”

八点钟，几位克律肖、德·格拉森夫人和她儿子都来了。可是没见到葛朗台夫人和女儿，他们感到诧异。

“我妻子有点儿不舒服，欧也妮陪着她。”老葡萄园主淡淡地答道。

闲聊了一个小时，上楼去探望葛朗台夫人的德·格拉森夫人下楼来了，众人迫不及待地问她：“葛朗台夫人怎么样？”

“不好，很不好，”她说，“她的状况令人担忧，她年岁大了，可得小心呢，葛老头儿。”

“以后再说吧。”葛朗台漫不经心地说。

客人们告辞了。几位克律肖先生走到街上，德·格拉森夫人说：“葛朗台家又出事了。母亲重病缠身，可自己还蒙在鼓里。女儿两眼红肿，好像哭了很久。难道他们要违背女儿的意愿硬要把她嫁出去？”

葛朗台睡下后，娜侬拖着便鞋蹑手蹑脚走进欧也妮的卧室，给了她一块在平锅里做的馅饼。

“拿着，小姐，”善良的娜侬说，“高尔努瓦利埃给了我一只野兔，您饭量小，这馅饼够您吃八天的，把它冻起来就不会坏了，至少你不用吃干面包了。那东西会伤身子的。”

“可怜的娜依！”欧也妮握住她的手说。

“我做得很好吃，很松软，他一点儿没发现。我买了肥肉、桂花香料，都在我的六法郎里。我有权支配这几个钱。”以为听见葛朗台来了，女佣赶紧溜出房间。

几个月里，葡萄园主白天时常不定时地来看看妻子，但只字不提女儿的名字，也不去看她，谈话中也绝不涉及女儿。葛朗台夫人不离卧室半步，病情日趋恶化，但什么也无法使老箍桶匠的心变软，他就像花岗石那么坚硬、严酷、冰冷。他还同往常一样东跑西颠，但不再口吃，话也少了，在生意上表现得比任何时候都苛刻。不过，搞错数字的事也常有发生。“葛朗台家出事了。”克律肖一伙同格拉森一伙都这么说。“葛朗台家到底出什么事了？”是索木尔城晚上各家聚会时彼此一定要提的问题。欧也妮去做弥撒时总由娜依陪伴。从教堂出来，要是德·格拉森夫人同她搭讪，她就支吾搪塞地敷衍几句，满足不了问话人的好奇。然而，两个月后，欧也妮被囚禁的秘密再也瞒不过三位克律肖和德·格拉森夫人了。终于在某个时刻，她在家却总不露面的借口是无法解释清楚了。后来，不知道究竟是谁把秘密泄露出去了，全城人得悉自元旦以来葛朗台小姐就被父亲关在房里，只给她面包和水，屋里也不准生火；娜依做些甜点半夜送去；甚至还知道女儿只有等到父亲不在家时才能去探视母亲，服侍母亲。葛朗台的行为激起了公愤。可以说全城人已把他置于法律保护之外，大家又想起了他的背叛和刻薄，对他嗤之以鼻。他从街上走过时，人人指指点点，交头接耳地数落他。当女儿由娜依陪着去做弥撒或做晚祷走过迂回曲折的街道时，全城居民都趴在窗户上好奇地端详这位富有的继承人的举止和脸色，这是一张既充满忧愁又带着天使般温柔的脸。囚禁和失宠与她无任何干系。她不是依旧看着世界地图、长凳、花园、围墙吗？她不是还在回味亲吻留在嘴唇上的甜蜜吗？有一段时间，她对全城人关于她的议论一无所知，父亲对此同样不晓。在上帝面前她是那么虔诚、纯洁，她的良心与爱情帮助她耐心地忍受父亲的怒火和报复。但有一种深深的痛苦将其余的痛苦淹没了：母亲的身体一天不如一天。这是一个多么温柔的人啊！弥留之际她的灵魂发出的光辉使她变美了。欧也妮常常责备自己，觉得是她使母亲患了这种慢慢吞噬她的残酷的疾病。这种悔恨——虽然得到了母亲的抚慰——却把她同她的爱情更加紧密地联系在一起。每天早晨，当父亲一出门，她就来到母亲床前，这时娜侬就把早点送来。但可怜的欧也妮却因母亲的痛苦而痛苦，默默地暗示娜侬看看母亲的脸色，接着就哭了，也不敢提堂弟的事。倒是葛朗台夫人首先问她："他在哪儿？为什么不来信？"

母女俩全然不知路途的遥远。

"母亲，我们心里有他就够了，"欧也妮回答，"但别提他。您在遭罪，您比一切都重要。"

她说的"一切"，指的就是他。

"孩子们，"葛朗台夫人说，"我对生命毫不足惜。上帝保佑我，它使我高兴地看到我的苦难完结了。"

这女人的话总是圣洁的、虔诚的。在最初的几个月里，当丈夫到她房里溜达并用午餐时，她对他还不断重复同样的话，语气虽说很温柔，但却十分坚定，她知道自己死期将至，反而有了一生中从未有过的勇气。

"先生，谢谢你对我的关心。"当他以极平淡的口吻询问她的病情时，她说，"如果你想要减轻我最后时刻的痛苦，那就饶恕我们的女儿吧，请拿出你做基督徒、丈夫、父亲的样子来。"

听到这一席话，葛朗台一屁股坐到床边，就像一个人看到倾盆大雨将临不慌不忙躲进洞里避雨一样：他静静地听妻子说话，只字不答。当他听到妻子最动人、最温柔、最虔诚的恳求时，便说："你今天脸色可不大好啊，可怜的老伴儿。"他早把女儿忘得一干二净，这似乎可以从他绷硬的额头和紧咬的嘴唇上看出来。听了他那老一套含糊其辞的回答，妻子苍白的脸上流下了泪水，而他却不为所动。

"愿上帝保佑你，先生，"她说，"就像我饶恕你一样。总有一天你也需要上帝的宽恕。”

自妻子患病以来，他再也不敢说那令人毛骨悚然的“哒！哒！哒！哒！”了。妻子是一位温柔的天使，脸上焕发出精神美的容光，她的丑陋在一天天消失，但葛朗台的暴虐行径却丝毫没有收敛。她就是灵魂的化身。她虔诚的祷告使脸上最粗糙的线条也显得纯洁细腻，在闪闪发光。谁没有发现在圣洁的面孔上改换容貌的现象！灵魂的习惯最终战胜了最丑陋的容貌，思想的纯洁与崇高为其打上特具生气的烙印。在这个女人身上发生这种变化——痛苦将肉体耗尽——的情景对铁石心肠的老箍桶匠也产生了影响，尽管这种影响微不足道。如果说他说话不再盛气凌人，那么他不可动摇的沉默却是为了保全作为一家之主至高无上的地位。忠实的娜侬在市场上一露面，立刻就有一些嘲笑和埋怨主人的话传进耳朵。但是，尽管公众舆论公开谴责葛朗台老头儿，女仆为了家里的名誉还得为他辩护。

“哎！”她对那些诽谤葛朗台老头儿的人说，“我们老了心肠不都变硬吗？为什么你们就不能容忍他也这样？收起你们的鬼话吧！小姐过得像王后，她独守空房，哼，那是她情愿。何况，我家主人自有他的道理。”

葛朗台夫人受忧郁的折磨比疾病折磨更厉害，虽然她总在祈祷也没能使父女俩和好，终于在春末的一个晚上，把她藏在心底的痛苦告诉了两位克律肖先生。

“怎么能无缘无故罚一个二十三岁的女孩子吃面包喝冷水呢？”德·蓬丰所长惊叹道，“这是残酷的虐待，她可以控告，首先……”

“行了，侄儿，”公证人打断他，“别说你那些谁也听不懂的法庭上用的词儿了。您放心，夫人，我明天就去把囚禁的事了结了。”

听到在谈她的事，欧也妮从房里走了出来。

“先生们，”她自豪地走过来说，“请你们别管这件事。我父亲是一家之主，只要我住在他家，我就得服从他。他的行为无须大家赞成或不赞成，他只对上帝负责。你们要是关心我，就最大限度地保持沉默。指责我父亲无异于损害我们自己的尊严。先生们，我感谢你们对我的关心；要是你们能制止城里让人恶心的流言蜚语，那我就更感谢你们了，这些不堪入耳的话也是我偶尔听到的。”

“她说得对。”葛朗台夫人说。

“小姐，制止流言蜚语最好的办法就是给您以自由。”老公证人肃然起敬地回答道，他被囚禁、忧郁和爱情赋予欧也妮的美深深地感动了。

“好了，女儿，让克律肖先生去处理这件事吧，既然他有成功的把握。他了解你父亲，知道该怎样对付他。我剩的时间不多了，要是你想让我活得高兴些，那你无论如何也得同你父亲和好。”

第二天，葛朗台按囚禁了欧也妮以后养成的习惯来到小花园里转几圈。他散步的时间恰好是欧也妮梳头的时间。他一到粗大的核桃树旁，便躲在树干后出神地注视一阵女儿的长发，此刻他大概在执拗的性格与亲吻孩子的欲望之间犹豫不定。他经常坐在欧也妮和查理发誓终生相爱的破长凳上，而这时的欧也妮也正偷偷地或在镜子里望着父亲。要是他起身继续散步，她便讨好地坐在窗前观赏围墙，上面悬挂着最艳丽的花朵，从墙缝里长出的铁线蕨、旋花和一株肥硕饱满、黄白相间的景天草，这种植物在索木尔和杜尔的葡萄田里比比皆是。公证人克律肖一大早就来了，发现老葡萄园主在六月的艳阳天里坐在小凳上靠在墙中间痴呆呆地望着女儿。

“有什么需要帮忙吗，克律肖先生？”葛老头儿发现公证人来了，便问道。

“我来跟您谈点要事。”

“啊！啊！您是不是有金子换给我呢？”

“不，不，不是钱的事，是关于您千金的事。大家都在议论你们父女俩呢。”

“这关他们什么事？煤炭匠同样是一家之主。”

“没错，煤炭匠还可以自杀，或更糟的是，把钱扔到窗外。”

“此话怎讲？”

“咳！尊夫人已病入膏肓，我的朋友。您该请贝尔日兰先生给她瞧瞧，她有生命危险啊！要是她因没得到必要的治疗而亡故的话，我想您一定会内疚的。”

“哒！哒！哒！哒！您知道我妻子得了什么病！这帮大夫，一旦他们进了你家大门，一天要来五六趟。”

“总之，葛朗台，随您的便。我们是老朋友。在整个索木尔城里，没有谁比我更关心您的事了，所以我必须把话说到头里。现在事已至此，您是个成年人，知道怎样做人。那就这样吧，反正我也不是为这事来的。我来是为一桩比这更严重的事。不管怎样，您总不想把尊夫人害死吧，她对您太有用了。倘若尊夫人有个三长两短，面对您女儿，想想您的处境吧。您必须对欧也妮有个交代，因为您的财产是同尊夫人共有的。您女儿有权要求分享您的财产，有权教人把弗罗瓦丰庄园卖掉。总之，她将继承母亲的财产，而您却不能继承。”

这番话于葛老头儿犹如晴天霹雳，他对法律没有对生意经那么精通。他从没想过卖掉共有财产的事。

“所以，我劝您还是对女儿大度点。”克律肖最后说。

“可您知道她都干了些什么吗，克律肖？”

“什么？”葛朗台能对他说心里话，公证人感到新鲜，也想借此打听一下争吵的原因。

“她把金子送人了。”

“那金子不是她的吗？”公证人问道。

“他们都这么说！”老头儿说着做了一个凄惨的动作，把胳膊垂了下来。

“为了一点小事，”克律肖接着说，“您就不想在夫人死后要求女儿让步吗？”

“啊！您把六千金法郎当成是小事？”

“嗳！老朋友，您知道清点遗产将付出多大代价吗？要是欧也妮要求分家您怎么办呢？”

“什么？”

“二十万，三十万，或许得四十万！为了知道财产的真正价值，不是要求拍卖共有财产吗？非但不要求您……”

“爷爷的剪枝刀！”葡萄园主坐了下来，脸色煞白，“以后再说吧，克律肖。”

沉默了一阵，或者说着实苦恼了一阵，老头儿望着公证人说：“人生太残酷了，它有多少痛苦啊！”他又郑重其事地说：“克律肖，您不想骗我吧，您发誓刚才说的话是有法律依据的。把民法给我，我要看民法。”

“可怜的朋友，”公证人说，“我对我搞的那一行还不清楚吗？”

“那么说这是千真万确的了？我要被女儿抢光、背叛、吞掉了。”

“她继承她母亲的财产呀！”

“要女儿有什么用？啊！我的老伴，我是爱她的。幸亏她身子骨结实，她是拉·贝尔特里埃家的人么。”

“她活不了一个月了。”

老箍桶匠敲着脑袋，走过去，踱过来，将可怕的目光射向克律肖，“我该怎么办呢？”他问道。

“欧也妮可以完完全全地放弃她母亲的遗产。您不想剥夺她的继承权吧？是不是？可是，要想得到那份遗产，您就不能粗暴地对待她。老伙计，我刚才对您说的话，对我可没什么好处。我干的是什么事呢，我？……是清算，财产登记、拍卖、分家……”

“以后再说吧，以后再说吧。克律肖，咱们不谈这事了。您把我的五脏六腑搅了个底朝天，您收到金子了吗？”

“没有，不过我有十来枚古金币，可以送给您。好朋友，还是同欧也妮讲和吧。您瞧，全索木尔城的人都在谴责您呢。”

“那帮混蛋！”

“好了，公债涨到九十九法郎了。活了一辈子，总该满意一次吧。”

“九十九，克律肖？”

“对呀！”

“咳！咳！九十九！”老头儿说着把老公证人一直送到大门口。随后，刚才听到的一席话搅得他六神无主，在房里待不住，于是上楼来到妻子卧室对她说：“喂，老伴儿，你可以同女儿待一天了，我要去弗罗瓦丰。你们可别惹事啊。今天是我们的结婚纪念日，我的好老伴儿。这是十埃居，你迎圣体时用。为这事你不是想了好久吗？那就好好享受享受吧！高高兴兴地玩个痛快！可要保重身体哟。开心万岁！”他把六法郎的十块埃居扔到妻子床上，捧起她的头吻她的前额，“老伴儿，你觉得好点了，是不是？”

“你心里连女儿都没有，怎么能在家里接待宽大为怀的上帝呢？”妻子激动地说。

“哒！哒！哒！哒！”老头儿温柔地说，“以后再说吧。”

“老天爷开眼了！欧也妮，”母亲叫道，兴奋地满脸通红，“快来亲亲你父亲，他饶恕你了！”

可老头儿早已不见人影了。他撒腿朝田庄奔去，想把杂乱无章的思绪理清楚。此时的葛朗台已七十六岁高龄。两年来，他的吝啬，犹如一个人根深蒂固的欲望有增无减。按照对吝啬鬼、野心家以及所有将人生奉献给一种主导思想的人的观察，他的感情特别钟爱情欲的某种象征。看金子、拥有金子成了葛朗台疯狂的追求。他的专制思想随着吝啬程度的增长而增长，放弃哪怕是极小部分妻子死后在遗产不管，在他看来是违情悖理的事。申报女儿的财产，把她的动产和不动产清点后全部拍卖吗？“这简直等于自杀！”他站在葡萄园里凝视着葡萄藤大声说。他终于拿定了主意，在晚饭时分回到索木尔，决心在欧也妮面前卑躬屈膝，奉承她，哄骗她，以便能在冠冕堂皇死去时手里握有几百万家产直到咽最后一口气。当老头儿——他无意中带着万能钥匙——踮着脚尖上楼去妻子房里时，欧也妮已把精致美观的梳妆盒拿来放在了母亲床上。母女俩乘葛朗台不在高兴地看着查理母亲的画像揣测查理的容貌。

“这完全是他的前额，他的嘴唇！”欧也妮正说着，老头儿开门进来了。看到丈夫盯着金子的目光，葛朗台夫人叫道：“上帝啊！可怜可怜我们吧！”

老头儿跳起来扑向梳妆盒，就像猛虎扑向熟睡的婴儿。“这是什么？”他说着拿起宝箱朝窗口走去。“真金！金子！”他大叫一声，“这么多金子！有两斤重。啊！啊！查理用它换走了你那些漂亮的金币。嗯？为什么不告诉我？这是一笔好交易，宝贝女儿！你是我女儿，我算把你看透了。”欧也妮浑身发抖。“这是不是查理的？”老头儿又逼问道。

“是的，父亲，不是我的。这梳妆盒是寄存的，是个圣物。”

“哒！哒！哒！他拿走了你的财产，你该补偿回来。”

“父亲……”

老头儿想掏出刀子削掉一块金板，只好把盒子先放在椅子上。欧也妮扑向梳妆盒。可是老箍桶匠两眼同时盯着女儿和宝盒，他用胳膊使劲一推，女儿一个趔趄倒在母亲床上。

“先生，先生！”母亲喊叫着从床上坐了起来。

葛朗台早已拔出刀子准备撬金子。

“父亲！”欧也妮叫着跪了下来爬到父亲跟前，举起双手，“父亲，看在所有圣灵的面上，看在十字架上的耶稣基督的面上，看在您的灵魂得救的面上，看在我性命的面上，您别碰它！这只盒子不属于您，也不属于我，它属于一个不幸的亲戚，他把盒子托付给我，我必须完好无损地还给他。”

“既然这是寄存的东西，那你为什么要看呢？看比摸更糟。”

“父亲，别毁掉它，否则我就没脸见人了”。父亲，听见没有？”

“先生，饶了她吧！”

“父亲，”欧也妮大叫一声把娜侬吓坏了，连忙上楼看个究竟。欧也妮抓起身边的刀子，握在手里。

“想怎么样？”葛朗台皮笑肉不笑，冷冷地说。

“先生，先生，你杀了我吧！”母亲说。

“父亲，要是您用刀碰掉一点点金子，我就拿这把刀自杀。您已经把母亲害得半死不活，您还要杀死您女儿。那就来吧，咱们拼个鱼死网破。”

葛朗台手中的刀对着梳妆盒，瞪着女儿，犹豫不决。

“你有这胆子吗，欧也妮？”

“她有，先生。”母亲答道。

“她说到做到，”娜侬嚷道，“先生，您这辈子总该讲一次理吧。”老箍桶匠看看金子，又望望女儿，片刻不语。葛朗台夫人晕过去了。“瞧见了吗，先生？夫人不行了！”娜侬叫道。

“哎，女儿，咱们别为一只盒子伤了和气，拿去吧！”老箍桶匠说着把盒子往床上一扔，“娜侬，你去把贝尔日兰先生找来。好了，老伴儿，”他吻着妻子的手说，“这不算什么，咱们讲和吧。不是吗？小乖乖？不再给你干面包了，你想吃什么就吃什么。啊！她睁开眼睛了。嗨，妈妈，好妈妈，乖妈妈，得了！瞧，我拥抱欧也妮了。她爱她堂弟，她想嫁给他就嫁给他好了。她要把小盒子替他保存好。可怜的老伴儿，愿你长寿。好了，你挪挪身子呀！听我说，你会有索木尔城里从未有过的漂亮的小祭坛。”

“我的上帝，你怎么能这样对待你的妻子和孩子！”葛朗台夫人声音微弱地说。

“以后绝不这样了，绝不！”老箍桶匠叫道，“你看着吧，可怜的老伴儿。”他去了密室，回来时将一把金路易撒到床上。“喏，欧也妮，喏，老伴儿，这都是给你们的，”他边说边抚摸着金币，“好了，老伴儿，高兴高兴吧，把身子养好，今后你什么都不会缺的，欧也妮也一样。这一百金路易是给她的。欧也妮，你不会把钱再给别人吧，嗯？”葛朗台夫人和女儿面面相觑，惊讶不已。

“父亲，把钱拿回去，我们只需要你的体贴。”

“嗳，这就对了，”说着，老头儿把金路易装进了衣袋，“咱们和和睦睦过日子吧。大家都下楼到厅里吃晚饭，每天晚上玩两个铜子儿的罗多游戏。你们就开开心心地玩吧！嗯？老伴儿？”

“好吧，我们玩，既然你觉得这样很舒心。”病入膏肓的女人说，“可我起不来呀。”

“可怜的母亲，”老箍桶匠说，“你不知道我是多爱你啊！还有你，我的宝贝女儿！”他搂紧她，亲吻她。“噢！吵过架再拥抱女儿可是件乐事！小宝贝！喏，你瞧，好妈妈，我们现在是一个人了。去把这东西藏好，”他指着梳妆盒对欧也妮说，“去吧，什么也别怕，我以后不再对你提这件事了，永远不提了。”

索木尔城里最著名的贝尔日兰先生很快就来了。诊断毕，他如实告诉葛朗台，说他妻子病情很重，但只要使她心静，注意饮食，并得到细心照料，死期有可能拖至秋末。

“这会花很多钱吗？”老头儿问，“需要吃药吗？”

“药要少吃，但需精心服侍。”医生不禁微微一笑。

“总之，贝尔日兰先生，”葛朗台说，“您是一位有声望的人，不是吗？我信任您，您觉得什么时候来看她合适，您就什么时候来。请您一定治好我妻子的病，我是多么爱她啊！表面上看不出来，因为在我家，一切都藏而不露，却也令我心烦意乱。我心事重重，这心事在我兄弟去世后就找上门来，我为他在巴黎花了……一大笔钱，而且这还没完事呢。再见，先生，要是还有一线希望，就劳驾您救救她，该花一二百法郎我也认了。”

尽管葛朗台诚心诚意希望妻子康复，但妻子的遗产一旦公开就先得要他的命，尽管他在各种场合都极力讨好母女俩，令她们颇为吃惊，尽管有欧也妮精心体贴的侍奉，葛朗台夫人还是迅速走向死亡之路。像大部分在这个年纪身患重病的女人一样，葛朗台夫人的身体一天天衰竭下去。她仿佛秋天的树叶一般脆弱。天上的光亮照耀着她，宛如阳光照耀着树叶，发出灿烂的光芒。她死得其所，这是一种虔诚的死、崇高的死，不是吗？一八二二年十月，她的美德，她天使般的忍耐和对女儿的爱显得格外光彩夺目。她毫无怨言地永远闭上了双眼。她像一只洁白无瑕的羔羊升上了天堂，在尘世间她唯一值得怀念的就是她凄凉一生的伴侣——她最后望着女儿的目光似乎预示未来的艰辛在等待着她。看着把一只像她一样洁白的羔羊孤零零留在尔虞我诈的世界上任人宰割、劫掠，她就浑身发颤。

“孩子，”咽气前她对女儿说，“天堂里才有幸福，你总有一天会明白的。”

母亲死后的第二天，欧也妮找到了依恋这所房子的新理由：她生在这里，吃苦受罪在这里，母亲刚刚辞世也在这里。她望着窗户和带坐垫的椅子，泪如雨下。看到父亲对她体贴入微，她觉得自己低估了老父亲的心：他挽着她下楼用午餐；用几乎是慈祥的目光长时间地望着她；他还深情地凝视着她，仿佛她是金子做的。老箍桶匠同以前大不一样了，他常常在女儿面前发抖，以致亲眼目睹这番情景的娜侬和克律肖一伙把它归咎于上了年纪的缘故，而且担心他的功能有点衰退。然而在全家服丧的那天，吃过晚饭，唯一知晓老头儿秘密的公证人克律肖应邀共进晚餐——老头儿的行为有了解释。

“亲爱的孩子，”当饭桌撤走，门都关好后，他对欧也妮说，“你现在是你母亲的继承人了，咱们两人之间有点小事要解决。是这样吧，克律肖？”

“是的。”

“难道必须要在今天解决吗，父亲？”

“对，对。小宝贝。事情不解决我就安生不了。我想你总不愿让我难受吧。”

“噢！父亲。”

“好了，一定要在今晚解决。”

“那您要我做什么呢？”

“不过，小宝贝，这事可与我毫不相干。克律肖，您告诉她吧。”

“小姐，您父亲既不愿瓜分，也不愿意拍卖您的财产，更不愿意用他的现款支付巨额税款。所以，您必须放弃清点现在已成为您同您父亲共有的全部家产……”

“克律肖，对孩子说这些事，您是否很肯定？”

“请让我说，葛朗台。”

“好，好，朋友。您和我女儿都不会抢我的财产吧，是不是，小宝贝？”

“可是，克律肖先生，我到底该做什么？”欧也妮不耐烦地问道。

“那好，”公证人说，“您须在这份文件上签个字，说明您放弃继承您母亲的遗产，将你们共有的财产用益权交给您父亲，他将保证您的虚有权……”

“您刚才说的话，我根本听不懂，”欧也妮答道，“把文件给我，指给我签字的地方。”葛朗台老头儿看看文件，看看女儿，再看看文件，急得满头大汗，不停地擦着。

“小宝贝，”他说，“你签了字的文件去登记要花很多钱，要是你能无条件放弃继承你可怜的母亲的财产，并把你的未来托付给我，那就再好不过了。我将每月付你一百法郎的可观利息。瞧，用这笔钱你做多少次弥撒，付给谁都行……嗯！每月一百法郎，用里弗尔支付，怎么样？”

“只要您愿意，怎么都行，父亲。”

“小姐，”公证人说，“我有责任告诉您，这样一来，您可就身无分文了……”

“啊！上帝，”她说，“那又有什么关系？”

“闭嘴，克律肖！说定了就要算数！”葛朗台抓起女儿的手拍了一下，说，“欧也妮，你绝不反悔，你是个好姑娘，对吧？”

“噢！父亲？……”

他热烈地拥抱她，搂得那么紧，她几乎要窒息了。

“好了，孩子，你救了父亲的命。但其实是你把我给你的还给了我：我们谁也不欠谁了。瞧，交易就该这么做。人生就是一种交易。我祝福你！你是一个贤惠的姑娘，很爱你的爸爸。现在，你想干什么就干什么。明天见吧，克律肖，”他望着惊呆了的公证人说，“请您费心关照一下法院书记官，让他准备一份放弃声明书。”

第二天中午，欧也妮在声明书上签了字，她主动放弃了她的财产继承权。然而，尽管夸下海口，到第一年终，老箍桶匠郑重其事答应每月给女儿的一百法郎根本没有兑现。所以，当女儿开玩笑地提起时，他的脸窘得通红。他连忙上楼去密室，把他从侄儿手里搞到的三分之一的首饰拿下来给了欧也妮。

“给你，宝贝女儿，”他用充满讥讽的口吻说，“你看用这些首饰来抵你的一千二百法郎行不行？”

“噢！父亲！您真的把这些钱都给我？”

“我明年还要给你这么多，”他说着把首饰全扔进女儿的围裙兜里，“这样，用不了多久，他的金银首饰就全归你了。”他搓着双手，能在女儿的感情上搞点权术，他很得意。

然而，虽说老头儿身子骨还挺结实，但他觉得有必要对女儿进行管家秘诀的启蒙教育。连续两年时间，他让女儿当着他的面安排食谱，收取欠款，他慢慢地把葡萄园、庄园的名称和面积先后都告诉了她。到第三年，他已把全部吝啬的生活方式教给了女儿，并且已成了她的习惯，于是他毫无顾忌地把食品贮藏室的钥匙也交给了她，使她成了名副其实的管家婆。

五年过去了，欧也妮和父亲单调无味的生活中没有发生任何值得一提的事。每天都做同样的事情，准确得就像老座钟一样。葛朗台小姐的极大苦闷尽人皆知。虽说人们能揣测出其中的缘由，但从她的言谈中绝证实不了索木尔各界人士对这位有钱的继承人内心活动的猜疑。唯一与她有来往的是三位克律肖先生和他们随意带来引见给女主人的几位朋友。他们教会了她打威斯特牌，并且每晚都要来一局。到了一八二七年，她父亲感到身体日趋衰弱，迫不得已把田产的秘密告诉了她，对她说，若有困难，就去找公证人克律肖商量，老头儿对他的公正廉洁是十分了解的。后来，到这年年底，老头儿终于在八十二岁高龄上瘫痪了，而且病情发展很快。贝尔日兰先生断定他患了不治之症。想到自己不久就要孑然一身活在这个世界上了，欧也妮便同父亲更加亲近，她要把这感情的最后一环牢牢抓在手里。像所有热恋中的女子一样，在她脑海里，爱情就是整个世界，然而查理却不在身边。她对父亲的照料与关怀无微不至，精神可嘉。老头儿的体力虽已明显不支，但他吝啬的习性却本能地维持着。因此，这个人的死同他的生绝不会形成鲜明的对照。一大早，他就坐在轮椅上让人把他在卧室壁炉与密室的门之间推来推去，密室里自然是堆满了金子。他坐在轮椅上一动不动，两眼却焦虑地轮流望着来看他的人和包着铁皮的门。他只要听见一点响动，就要别人说个明白，他甚至能听见狗在院子里打哈欠的声音，这令公证人惊讶不已。他表面上显得痴呆，可在收租、算账或开收据的日子和钟点，他立刻能清醒过来。于是他自己转动轮椅直到密室门口，让女儿打开门，看着女儿把一袋袋的钱秘密堆放整齐，直到她把门关好为止。然后，他一声不吭回到原位，女儿马上把宝贝钥匙还给他，这把钥匙他总是藏在背心的口袋里，并不时地用手摸一摸。他的老朋友公证人觉得只要查理不回来，有钱的继承人欧也妮就必然会嫁给他当所长的侄子，于是他倍加关心葛老头儿：他每天都来听候葛朗台的差遣，照他的吩咐去弗罗瓦丰庄园，去地里，去牧场，去葡萄园，卖掉收成，把卖来的钱全部换成金子和银子，然后偷偷地同密室的钱袋放在一起。弥留期终于来到了。这些日子里，老头儿结实的身子骨在与死神搏斗。他要坐在密室门前的火炉边。他把盖的被子全拉上来，紧紧裹在身上，对娜侬说："裹紧，裹紧，别让人偷我的东西。"当他能睁开眼睛时——他全部生命力就隐藏在这里，立刻将目光转向堆放着财宝的密室门上，问女儿："在里面吗？在里面吗？"声音里充满着惊恐。

"在里面呢，父亲。"

"把金子看好，把金子放在我面前。"

欧也妮把金路易摊在桌上，他两眼盯着金路易足有几个小时，好像一个刚开始懂得观看的孩子傻乎乎地盯着同一样东西，也像孩子一样，脸上露出了艰难的微笑。

"这才让我感到暖和呢！"他有时会这样说，面带享受真福的表情。

本堂区的神甫来给他做临终法事，当他目不转睛地盯着十字架、烛台和银圣水壶时，他那双看上去已经死去几个小时的眼睛又复活了，他的肉瘤也随之最后动了一下。当神甫把镀金的十字架送到他唇边让他亲吻耶稣基督的圣像时，他却做了一个可怕的动作想抓住十字架，而这最后的用力要了他的命，他呼唤欧也妮，欧也妮就跪在他面前，泪水洒在他已冰冷的手上，然而他却看不见。

"父亲，为我祝福吧！"她说。

"把一切都照顾好。你要到那边向我有个交代。"他的最后一句话证明基督教应该是守财奴的宗教。

现在欧也妮孤零零一个人待在这所房子里，她只有对娜侬投去令女仆心领神会的目光，只有娜侬才是真心爱她，只有对娜侬她才能倾诉衷肠。在她眼里，娜侬就是她的保护神。因此她不再是仆人，而是一位谦恭的朋友。父亲死后，欧也妮从公证人处获悉，她在索木尔地区的田产每年有三十万法郎的进账，有六十法郎买进的三厘公债六百万，现在已涨到每股七十七法郎；还有价值二百万的金子，十万现款，有一些该收的欠款还未算在内。她的财产总计约有一千七百万。

“堂弟究竟在哪里呢？”她思忖。

公证人克律肖把业已结清的遗产清单交给欧也妮的那天，她同娜侬各自分坐在客厅壁炉的两旁，客厅里空荡荡的，里面的一切都是回忆，从母亲坐过的草垫椅到查理用过的杯子。

“娜侬，我们太孤单了……”

“是的，小姐，要是我知道这小少爷在哪里，我就是走路也要把他找回来。”

“我们之间可隔着汪洋大海呢。”她说。

当这位可怜的继承人在这座冰冷、阴暗的屋子里——这是她的全部天地——同老女仆相对而泣时，从南特到奥尔良，人们纷纷议论的只是葛朗台小姐的一千七百万家产。在她首先要做的许多事中，第一件是给娜侬一千二百法郎的终身年金，她已有六百法郎，两笔款相加，娜侬就成了一位有钱的应婚者。不到一个月，她从一个未婚女子成了安东尼·高尔努瓦利埃的老婆，他被指派为葛朗台小姐的田产总管。高尔努瓦利埃夫人与她同辈的女人相比占了很大便宜。尽管她年近花甲，但看上去不足四十。她粗糙的脸庞顶住了时间的侵袭，她过着修道院式的生活，红润的肤色、铁打的身子使衰老退避三舍。也许她结婚那天比任何时候都好看，丑陋为她带来不少好处，她又肥、又胖，又壮实，坚不可摧的脸上显出幸福的喜悦，使有些人对高尔努瓦利埃的红运羡慕不已。“她脸色很好。”呢绒商说。“她还能生孩子呢。”盐商说，“恕我直言，她简直就像在盐水里泡过似的。”另一位邻居说：“她很有钱，高尔努瓦利埃这小子可算逮着了。”受邻居喜爱的娜侬走出老宅，来到蜿蜒曲折的街上，去教堂时，人们都对她表示祝贺。欧也妮送她三打餐具作为结婚礼物。高尔努瓦利埃对小姐的慷慨感到吃惊，他一谈起女主人就热泪盈眶：他会为她粉身碎骨。成为欧也妮心腹的高尔努瓦利埃夫人除有了丈夫的喜悦外，又有了一件令她开心的事：她终于能亲自打开、关上食品贮藏室的门，并在早晨分配一天的食物，就像已故的老主人一样。此外，她还有两个受她差遣的仆人：一个是女厨师，另一个是负责修补衣服被褥、为小姐缝制衣服的女佣。高尔努瓦利埃身兼看守与总管两职。娜侬挑选的厨娘和女佣都是顶呱呱的，这一点自不待言。这样，葛朗台小姐就有四名忠心耿耿的仆人。由于老主人生前立了一套严格管理田产的章法，现在又由高尔努瓦利埃夫妇一丝不苟地继续执行，所以佃户们似乎觉得老头儿还活在世上。

到三十岁上，欧也妮还没有尝过半点人生乐趣的滋味。她惨淡、忧伤的童年是在有一颗善良的心却无人知晓，常受损害并屡遭痛苦的母亲身边度过的。这位母亲不无欣慰地离开了人世，她对女儿还必须活下去深表同情，在欧也妮的心灵中留下了懊悔和永久的遗憾。欧也妮第一次、也是唯一的一次爱情成了她忧郁伤感的根源。同恋人短短几天约会过后，她就在两人暗中的亲吻间把心给了他。然后他走了，横在他与她之间的是整个世界。这种被父亲诅咒的爱情几乎要了母亲的命，留给她的只是痛苦和微小的希望。所以直到那时，她奋力追求幸福导致精力消失而无法得到补偿，精神生活需要呼也需要吸，这同肉体生活别无两样。灵魂需要汲取另一个灵魂的感情，并把它同化以使其更加丰富。要是没有这种人类美好的现象，心中绝不会产生生命的火花；因缺少空气，它会痛苦、衰竭。欧也妮开始痛苦了。财富对她既不是一种权力也不是一种安慰。只有爱情、宗教和对未来的信念才是她生存的支柱。爱情向她解释了永生。她的心和福音书向她指出了需要等待的两个世界。她夜以继日地陷入两种无止境的思想中，这两种思想对她或许就是一种。她把自己紧紧裹藏起来，爱他人，也自以为被人爱。七年来，她的热情蔓及一切。她的宝物绝非为她带来收益的万贯家产，而是查理的盒子、挂在床头的两幅画像。从父亲手里赎回自豪地放在衣柜抽斗里棉絮上的首饰以及母亲使用过的婶娘的针箍。只是为了把这件充满回忆的金针箍套在手指上，所以她每天都虔诚地戴上它做些刺绣活计——如同贝内洛波在等待丈夫于利斯回家时做不完的活计。看来葛朗台小姐不可能在服丧期间结婚。她真心实意的虔诚是有目共睹的。因此，克律肖一家在老神甫理智谨慎的率领下满足于用无微不至的关怀来笼络这位有钱的小姐。每天晚上，她家的客厅里挤满了最热情最忠心的克律肖党徒，人们用各种语气对女主人竭尽阿谀奉承之能事。她有御医，有大神师，有内侍，有梳妆女官，有宰相，尤其是掌玺大臣，那个总想无所不言的掌玺大臣。倘若她想要持后裾的侍从，人们定会给她找一个来。她简直就是王后，一个在所有的王后中最受巧妙奉承的王后。阿谀奉承永远不会出自伟大的心灵，它是卑鄙小人的专利，他们想方设法缩小自己以达到钻进他们整天围着打转的人物的核心领域的目的。阿谀奉承意即私利。所以，那些每晚踏破葛朗台小姐客厅门槛的人——他们已改称她为德·弗罗瓦丰小姐——对她倍加恭维。这一片恭维声欧也妮还是头次耳闻，因此最初脸红在所难免。然而，不管恭维话如何粗俗无聊，她的耳朵渐渐地都听惯了，并把它们看作是对她美貌的赞扬，要是某个新来乍到的客人觉得她长得丑，对这种责难她绝不会像八年前那样无动于衷。后来，她终于也爱听拜倒在她脚下的人偷偷吐出的甜言蜜语了。因此，她逐渐习惯了别人把她当作王后吹捧，习惯了看到她的客厅里每晚高朋满座。德·蓬丰所长是这个小圈子的主角，他的才智、人品、学识以及和蔼可亲的样子不断受到圈里人的吹嘘。有的说，七年来他的财源滚滚而来，蓬丰庄园的产业至少有一万法郎的收入，而且同克律肖家所有的田产一样被欧也妮的庞大产业围在其间。“您知道吗，小姐，”一位常客说，“克律肖家有四万里弗尔的收入。“还有他们家的积蓄呢，”克律肖党的一个老处女德·格里波古尔小姐接过话头，“前不久从巴黎来了一位先生，如果他能出任治安法官一职，就把事务所卖了。”“他想接替德·蓬丰所长，所以来探探虚实，”德·奥尔松瓦尔夫人插话说，“因为所长将会升推事，再升法庭庭长，他点子很多，有绝对成功的把握。”“是的，这是一位杰出人物，”另一个说，“您不这样认为吗，小姐？”所长先生试图把自己打扮得同他想扮演的角色协调一致。尽管他已近不惑之年，尽管他有一张令人厌恶的褐色脸盘，像所有的司法人员一样干瘪，但他仍然穿戴得像年轻人，手持白藤手杖与人瞎扯，在德·弗罗瓦丰小姐家从不吸烟，总戴一条白领带，衬衣前的宽大折褶使他的神气仿佛同蠢货一类的人是一家。他对漂亮的女主人说话时显得很亲切，称她为“我亲爱的欧也妮！”总之，除了来客的人数，除了将罗多游戏改为威斯特牌，再除了葛朗台夫妇外，大厅里的场面同这个故事开始时几乎没有多大差别。这帮猎犬似的家伙总是追逐欧也妮和她的百万家产；但猎犬越多叫得越凶，而且是合围它们的猎物。要是此刻查理从印度回来，他会发现同样的人物和同样的利害关系。受到欧也妮友好、热情接待的德·格拉森夫人总要找克律肖他们的麻烦。但同以往一样，掌握局面的还是欧也妮，也同以往一样，查理在这里仍然是至高无上的。然而还是有进步。从前所长在欧也妮过生日时送的鲜花，现在已成家常便饭。每晚他给有钱的姑娘带来一大束漂亮的鲜花，高尔努瓦利埃夫人故意在众人面前把花插进花瓶里，但她等客人们刚一离开，就把花偷偷地扔到院子的角落里。刚入春，德·格拉森夫人就想给克律肖党的好事添乱，她向欧也妮提起了德·弗罗瓦丰侯爵，说要是欧也妮肯以婚约的方式把他过去的田产给他，那么这位破了产的侯爵即可重振家业。德·格拉森夫人把贵族的爵位和侯爵夫人的头衔吹上了天，把欧也妮轻蔑的微笑当作赞同的表示，并大肆宣扬说克律肖所长的婚姻并不像人们想象的那么有把握。“尽管德·弗罗瓦丰先生五十岁多了，”她说，“可他看上去并不比克律肖先生老；他是鳏夫，有孩子，这没错；可他是侯爵，是未来法国贵族院的议员，眼下，你们能找得到这么好的亲事吗？我确实知道，葛朗台老头儿生前把他所有的田产并入弗罗瓦丰时，就有意要同弗罗瓦丰家联姻。他经常对我这么说，这老头儿狡猾得很啊。”

“怎么，娜侬，”有天晚上欧也妮就寝时说，“七年了，他没给我写过一封信……”

当这些事在索木尔发生时，查理在印度发了大财。起初他把那些劣等货卖了好价钱，很快就赚了六千美金。他头一次穿过赤道，就丢掉了许多偏见。他发现在热带地区发财致富的最好办法同在欧洲一样，是贩卖人口。于是他来到非洲海岸干起了贩卖黑奴的勾当，在他为了私利而去的各个商埠，他拣最有利可图的商品与黑奴同时贩运。他全力以赴做生意，忙得连一点闲暇时间也没有。他唯一的愿望就是重返巴黎炫耀他的巨大财富，他要重新爬到比他原先栽了跟斗的地位更辉煌的地位。由于他接触广，跑的国家多，看到了不同的习俗，他的思想起了变化，成了一个疑心很重的人。看到在一个国家被斥为罪恶的行径在另一个国家竟成了美德，于是他对是非已没有丝毫固定的概念。由于整日在为私利奔波，他的心变冷了，挛缩了，干瘪了。葛朗台家族的血统一点也没有丢掉。查理变得残酷无情，贪婪成性。他贩卖中国人、黑人、燕窝、儿童、艺术家；他大规模地放高利贷。偷漏关税的习惯使他对人权愈加蔑视。他去圣·托玛岛贱价收买海盗抢来的货物转卖到缺货的地方。如果说欧也妮高尚纯洁的容貌在最初的航行中陪伴着他，就像西班牙水手挂在船上的圣母像一样，如果说他把最初的成功归功于这个温柔的姑娘的祝福与祈祷那魔术般的影响，那么后来他同黑种女人、白种女人、黑白混血种女人、爪哇女人、埃及舞女等各种肤色的女子狂饮纵欲以及在世界各地的投机冒险活动，已把对堂姐、索木尔、房子、长凳、走廊里的亲吻全都忘得一干二净。留在他回忆中的只有被残垣围着的小花园，因为他的冒险生涯就是从那里开始的。但他否认他的亲属：伯父是条老狗，扒窃了他的金银首饰；欧也妮在他心目中和脑海里无足轻重，她只是生意场上一个借给他六千法郎的债主。这种行径和思想就是查理·葛朗台保持沉默的原因。在印度、圣·托玛、非洲海岸、里斯本、美国等地，为了不损害名声，这位投机商起了个假名字：卡尔·赛弗。他使用该名就能毫无风险地在世界各地不知疲倦、大着胆子、贪婪无度地捞钱，然而他又急于结束这种无耻卑鄙的勾当以便在余生做个安分守己的人。用这种手段，他成了暴发户。一八二七年，他搭乘一艘保王党商行的豪华帆船“玛丽·卡洛利纳号”回到波尔多。他随船运来箍得结结实实的三大桶金粉，价值一百九十万法郎，打算在巴黎换成金子，从中赚取七八厘利息。同船的有一位叫德·欧布利翁的老人，是查理十世国王陛下的宫廷侍从。这位慈祥的老头鬼使神差地娶了一位时髦女郎，他的产业在岛上，这次是为了弥补夫人大肆挥霍造成的亏损，去变卖房地产业的。德·欧布利翁夫妇出身于德·欧布利翁·德布什家族，家族的第一位将军在一七八九年前就死了。同船的这位德·欧布利翁先生每年仅有两万多里弗尔的进项，夫妇俩有一个奇丑无比的女儿，她母亲想不给嫁妆把自己的千金嫁出去，因为母亲本人的财产也仅能维持她在巴黎的最低花销。社交场合的人认为，时髦女郎的本事再大，这件事能否成功似乎令人怀疑。因此，德·欧布利翁夫人看到女儿的样子连自己也不抱什么希望，无论何人，即使是醉心于贵族头衔的男人眼见此状也会感到尴尬。德·欧布利翁小姐与她同音异义的昆虫一样，又高又瘦，有一张骄傲的嘴巴，上面是一个硕大的鼻子，平时呈黄色，饭后变成一片红，这种植物现象在一张苍白、令人厌烦的脸上显得更加丑陋。总之，这副尊容却使三十八岁风韵犹存的母亲对她还存有奢望。但是，为了抵消这些不利条件，德·欧布利翁夫人便教她摆出一副雍容华贵的样子，教她注意卫生使鼻子暂时保持一种适当的颜色，教她穿戴得体，举止优雅动人，教她学会投出令男人心动的多愁善感的目光，使他以为遇上了徒然寻觅已久的安琪儿。她还教她运用双脚的动作，在鼻子不识趣地发红时，及时伸出来，让别人欣赏它的小巧玲珑。总之，她充分利用女儿，达到了令人满意的效果。宽大的袖子，骗人的上衣，精心修饰四周撑起的长裙，紧束的胸搭竟然使她有了一点女性的特征。它们那么奇特，本应送进博物馆使母亲们受到教益。查理同德·欧布利翁夫人关系密切，她正好也一直想结交他。有不少人甚至说在横渡大海时，漂亮的德·欧布利翁夫人没有放过任何一种引诱一个有钱的女婿上钩的手段。一八二七年六月在波尔多下船后，德·欧布利翁先生一家三口同查理一起下榻在同一座旅馆，又结伴同往巴黎。德·欧布利翁公馆已被抵押，查理需把它赎回来。未来的岳母已经放出话来，把底层让出来给小两口住她会感到高兴。德·欧布利翁夫人不同意丈夫对贵族门第的偏见，她已答应查理·葛朗台请求查理十世下一道敕令准许他葛朗台改姓德·欧布利翁，使用他家族的徽章，如果查理能赠给德·欧布利翁侯爵一方年收入三万六千法郎的世袭封地，他就可以继承德·布什将军和德·欧布利翁侯爵的双重头衔。他们两家的财产合在一起，相处融洽，利用好闲差，德·欧布利翁公馆就可以有十几万里弗尔的收入。“一个人要是有十万里弗尔的收入，有名分，有门庭，出入王宫，再为您搞到一个宫廷侍从的差使，那就想当什么官就当什么官，”她对查理说，“这样，您可以当法国行政院审查官，当省长，当大使馆秘书，当大使，随您挑。查理十世也很喜欢德·欧布利翁，他们从小就相识。”

这女人使查理陶醉于野心之中，一路上，他对她巧妙地当作体己话以坦率的口吻向他倾诉的希望怀着美好的期待。查理以为父亲的事已由伯父料理了，所以觉得自己突然一下子进入了人人都想涉足的圣日耳曼区，在马蒂尔德小姐蓝鼻子的庇护下，他以德·欧布利翁伯爵的面目出现，就像德勒一家过去以布雷泽的面目出现一样。查理出国前复辟王朝摇摇欲坠的局面已被繁荣昌盛所取代，看得他眼花缭乱，贵族思想的光芒紧紧笼罩了他，在船上开始的极度兴奋一直维持到巴黎。他决心在巴黎施展各种手段以攫取自私的岳母向他展示的有权势的高位。堂姐在他眼里只不过是这光明前景中的一个小点而已。他与阿奈特又重逢了。身为上流社会的女人，阿奈特迫不及待地唆使老朋友应承这门亲事，并保证支持他的一切野心勃勃的活动。阿奈特非常高兴让查理娶一个又丑陋又令人讨厌的姑娘，因为在印度的逗留使查理变得更具魅力：皮肤成了棕褐色，举止坚定豪放，就像那些惯于决断、控制和成功的人一样。看到自己能成个“角儿”，查理在巴黎活得更自在了。德·格拉森得知他已回国，即将成亲，又发了大财，于是来看他，并告诉他再付三十万法郎就可以还清他父亲的债务了。他来时恰好看见珠宝商拿着图样给查理看，查理向他定做送给德·欧布利翁小姐结婚时的首饰。虽然查理从印度带回来的钻石精美华丽，但钻石加工、新婚夫妇的银器、结实而又不值钱的珠宝还得花二十多万法郎。查理没有认出德·格拉森，他傲慢地接待了银行家，神气得像在印度的决斗中杀死了四个人的时髦青年。德·拉格森已经来过三次，查理冷淡地听他说，随后，还没弄清他说什么就回答道："我父亲的事不是我的事。先生，我对您的关照不胜感激，但我不会从中讨便宜。我辛辛苦苦赚来的两百万不是送给我父亲的债主的。"

"假如几天之内您父亲被宣告破产呢？"

"先生，几天之内，我就是德·欧布利翁伯爵了。您听好，这对我已无关紧要。何况您比我更清楚，一个有十万里弗尔进项的人，他父亲就永远没有破产的事。"他说着很礼貌地把德·格拉森先生往门口推。

这一年八月初，欧也妮坐在堂弟曾发誓永远爱她的小木凳上。每当风和日丽的日子她就来这里用早餐。此刻，在一个最凉爽最愉快的上午，可怜的姑娘津津有味地回忆着爱情中发生的大大小小的事情以及随之而来的灾难。明媚的阳光照耀着全是裂缝、几乎要坍塌的漂亮的墙面，尽管高尔努瓦利埃经常提醒妻子说这墙迟早会压死人的，但任性的姑娘却禁止别人碰它。这时，邮差敲门，交给高尔努瓦利埃夫人一封信，她跑进花园大声叫道："小姐，来信了！"她把信递给女主人，说："这是不是您日夜盼望的信呀？"

这句话在欧也妮心中引起的震动同它在院子和花园墙之间实际的回响同样强烈。

"巴黎！是他写的，他回来了！"

欧也妮脸色发白，拿着信半晌不知如何是好。她感到心跳得厉害，简直无法拆开信来读。娜侬双手叉腰站在一旁。喜悦从她棕色脸庞的裂口里像一股青烟似的冒了出来。

"念信呀，小姐……"

“啊！娜侬，他是从索木尔走的，为什么回巴黎呢？”

“快念，念了信就知道了。”

欧也妮颤颤巍巍地拆开了信。从信里掉出一张汇票，是给“索木尔德·格拉森夫人——高莱商行”的。

亲爱的堂姐……

“——我不再是欧也妮了。”她想，心里一阵酸楚。

您……

“——他以前可是用‘你’称呼我的呀！”

她双臂交叉，不敢再往下念了，豆大的泪珠涌了出来。

“他死了？”娜侬忙问。

“死了就不会给我写信了。”欧也妮答道。

她接着往下念：

亲爱的堂姐，您知道我事业成功的消息后，相信您会高兴的。您给了我好运，我发了财回来了，我听从了伯父的劝告。他老人家和伯母去世的消息我是刚从德·格拉森先生那里得知的。父母的死亡是自然规律，我们应当继承他们。我希望您现在已经摆脱了痛苦。我体会到什么都不能同时间对抗。是的，亲爱的堂姐，对我来说，不幸的是幻想已成为过去。有什么办法呢？我去了许多国家，一路上我对人生进行了思考。去时是个孩子，回来已变成了大人了。现在，我想了许多过去未曾想过的事。堂姐，您是自由的，我仍然也是自由的；表面上什么都不能阻止实现我们小小的计划；可是我这个人太坦诚，无法向您隐瞒我生意上的处境。我绝没有忘记我是不属于自己的。在我漫

长的航程中，我总是想起那条小木凳……

欧也妮仿佛坐在烧得通红的炭火上，蓦地，她站起身来，走过去坐在院子的一级台阶上。

……那条我们坐在上面发誓永远相爱的小木凳，想起了走廊，昏暗的客厅，我屋顶的卧室，还想起了那天夜里，您的一番好意使我的前程更为顺利。是的，这许多回忆令我勇气大增。我想，在我们约定的时刻，您总在想我，就像我经常想您一样。您九点钟看云了没有？看了，是不是？所以我不愿背叛在我看来是神圣的友谊，不，我绝不该欺骗您。现在，有一门涉及我的亲事，它符合我对婚姻的全部观念。在婚姻中，爱情是一种空想。今天，我的经验告诉我，结婚应该服从一切社会的规律，应该具备社交界所要求的各种礼仪。而我们之间存在着年龄上的差别，亲爱的堂姐，这或许对您未来的影响要比对我的更大。更不用说您的生活习俗、受过的教育以及您的习惯都同巴黎的生活毫无共同之处，可能也无法同我今后的打算合拍。我的计划是拥有一座宽敞的住宅，接待络绎不绝的客人，而我记得您却喜欢恬静的生活。不，我愿更坦诚些，我要您做我的处境的仲裁人。您有责任也有权利了解和评价我的处境。我现在有八万法郎的收入，这笔财产能使我同德·欧布利翁家族联姻，他们有一个年方十九岁的女儿，同她成亲可以为我带来姓氏、头衔、一个国王陛下宫廷侍从的位置以及更为显赫的地位。我必须承认，亲爱的堂姐，我对德·欧布利翁小姐无半点爱情可言，但是，同她成亲，我就会确保我的孩子有一个好处无法估量的社会地位：因为君主思想又一天天受到青睐。这样，几年之后，我儿子成为德·欧布利翁侯爵，有了四万里弗尔收入的封地，就可以挑选他认为合适的官来做。我们应该为我们的子女负责。您瞧，堂姐，我是多么坦诚地把我的心、我的希望和我的财产全暴露在了您的面前。离别七年，您可能已经忘记了我们儿时的幼稚；可我呢，我既没有忘记您的宽宏大量，也没有忘记我许过的诺言。我所有说过的话，即便是随意说的，我都记得一清二楚。对这些话，一个不像我那么认真，怀着一颗青春的心和正直诚实的青年人是根本连想也不去想的。我要告诉您，我只想接受一桩门当户对的婚姻，我仍能回忆起我们孩童时代的恋情，这难道不是把我全身心置于您的支配之下，使您成为我命运的主宰吗？我还要对您说，如果我必须放弃社交的野心，我也将心甘情愿地满足于这淳朴的幸福，它那感人至深的形象您早已对我显示过了……

“——当，哒，哒——当，哒，嘀——叮，哒，哒——咚！——咚！哒，嘀——叮，哒，哒……”查理·葛朗台边唱着“依·比·昂德莱”的调子，边签上了名：

您忠实的堂弟查理

“天杀的！这就给她来个雕虫小技。”他自言自语道。然后他找来一张汇票，添了一段话：

又及：随信附上德·格拉森商号八千法郎的汇票一张，可用黄金支付，这包括您好心借给我的那笔款的本利。我在等一只从波尔多运来的箱子，里面有几件我要送给您的东西以表达我对您的感激之情。至于我的梳妆盒，烦请交驿车带回，送至伊勒兰—贝尔丹大街的德·欧布利翁公馆。

“赶紧交驿车带走！”欧也妮说，“为了它我差点把命都搭上了！”多么可怕的灾难啊！船在希望的海洋里沉没了，连一根绳索、一块木板也没留下。看到被抛弃，有的女人会去把她们的恋人从情敌手中夺回来，把对方杀死，逃到天涯海角，上断头台或进坟墓，这大概就是美。这种犯罪的动机是一种令人类公正折服的崇高激情。另一些女人则低下脑袋默默地忍受着痛苦；她们逆来顺受，等待死亡，哭泣，宽恕，祈祷，回忆，直至咽下最后一口气。这才是爱，是真正的爱，天使般的爱，是为痛苦生为痛苦死的骄傲的爱。这就是欧也妮读完这封可怕的信之后的心情。她仰望天空，想着母亲临终前的话。像有些垂死之人，母亲锐利的目光把前途看得透彻无比。接着，欧也妮在想起这先知般的生与死的同时，瞬间估量出自己的命运。她只有展开双翅飞向高空，在祈祷中生活直至解脱的那一天。

“还是母亲说得对，”她哭着说，“那就是受苦和死亡。”

她迈着缓慢的步子从花园向客厅走去。与往日的习惯相反，她没有走过道，但在这灰蒙蒙的旧客厅里，她仍然看到了堂弟的纪念物：那只她每天早晨用来吃早点的碟子总放在壁炉上，还有赛沃尔的旧瓷糖罐。这天上午对她来说是庄严的、发生了许多重大事情的日子。娜侬来向她报告，说本堂区的神甫来访。这位神甫是克律肖的亲戚，对德·蓬丰所长的利益自然十分关心。几天前，老神甫使他下决心在纯粹的宗教意义上对欧也妮小姐谈一谈她在婚姻问题上应尽的义务。欧也妮一见他，还以为他是来收取她每月给穷人的一千法郎补贴费的，于是便让娜侬去取，可神甫却笑了起来：

“小姐，我今天来是向您谈一个可怜的姑娘的事，全索木尔城的人都在关心她，可她自己却自讨苦吃，生活得不像个基督徒。”

“我的天哪！神甫先生，您看我此刻不可能去想别人的事，我自己的事还办不完呢。我已经够倒霉的了，除了教堂无处可去，只有它宽大的胸怀才能容下我们所有的痛苦，它的感情那么丰富，我们才能取之不尽，用之不竭。”

“那很好，小姐，我们关心这位姑娘就是关心您。听着，如果您想拯救自己的灵魂，只有两条路好走：要么离开尘世，要么遵循它的规律；要么服从您世俗的命运，要么服从您天国的命运。”

“啊！当我正需要听到一种声音时，您对我说话了。是的，是上帝派您来这儿的，先生。我要告别这个世界，在沉默与隐居中为上帝活着。”

“孩子，做出这种过火的决定是需要长时间考虑的。结婚是生，修行是死。”

“那好，神甫先生，死，马上就死！”她说话时的冲动令人毛骨悚然。

“死？可是您还对社会负有重大责任呢，小姐。您难道不是穷苦人的母亲，冬天给他们衣服柴火，夏天给他们工作吗？您巨大的财富是一种债务，需要偿还，您怀着一颗圣洁的心已经把它接受了。隐居在修道院里是自私的表现，终身不嫁又不可取。首先，您能独自管理您庞大的产业吗？您也许会把它糟蹋得一干二净。您很快就会有打不完的官司，陷入无法摆脱的困境。请相信您的牧师，您需要一个夫婿，应该把上帝给您的妥为保存。我把您当作亲爱的信徒才说这番话的。您是那么虔诚地热爱上帝，定能在尘世中拯救您的灵魂，您是世上最美的装饰之一，为它做出了许多圣洁的榜样。”

这时，德·格拉森夫人来访。她是怀着报复与绝望的心情来的。

“小姐，”她说，“哟，神甫也在呀。那我就不说了，我要说的都是鸡毛蒜皮的小事。不过我看你们在谈重要的事情。”

“夫人，”神甫说，“我先回避一下。”

“噢！神甫先生，”欧也妮说，“您过会再来吧，您的支持眼下对我是必不可少的。”

“是的，可怜的孩子。”德·格拉森夫人说。

“您这话是什么意思？”欧也妮小姐和神甫同时问道。

“难道我不知道您堂弟已经回来，要同德·欧布利翁小姐结婚的事吗？一个女人从不会这么没头脑。”

欧也妮脸红了，缄默不语。但她决心今后要像父亲那样装作无动于衷。

“嗳！夫人，”她用嘲讽的口吻说，“我可能真没头脑，我不

明白。请说吧，当着神甫的面说，您知道，他是我的牧师。”

“那好吧，小姐，这是德·格拉森给我的信，您念吧。”

欧也妮接过信念道：

> 亲爱的，查理·葛朗台从印度回来到巴黎已一个月了……

“一个月！”欧也妮心想，手垂了下来。

停了片刻，她接着往下念：

> ……我去他家两次才见到这位未来的德·欧布利翁子爵。尽管全巴黎都在议论这门亲事，而且教堂已经把结婚启示公布了……

“——那么他给我写信时已经……”欧也妮没有再往下想，也没有像巴黎女子那样叫一声：“下流坯子！”然而虽说没表现出来，但内心的鄙视却丝毫未减。

> ……可这门亲事八字还没一撇呢，德·欧布利翁侯爵绝不会把女儿嫁给一个破产者的儿子。我去找查理，把他伯父和我如何费很大周折料理他父亲的事以及如何采取巧妙手段才把债权人稳住至今的事都告诉了他。可这傲慢无礼的家伙居然恬不知耻地回答我——为了他的利益昼夜奔波了五年的我——说：他父亲的事不是他的事。一个商事诉讼代理人有权向他要求三万至四万法郎的酬金，合他债务的百分之一。但是，别急，他的确欠了一百二十万法郎的债，我不宣布他父亲破产才怪呢。就凭葛朗台这老鳄鱼一句话，我沾上了这件事，并且以他家的名义向债主们做了承诺。德·欧布利翁子爵对他的名誉满不在乎，可我对我的名誉却看得很重。所以我要把我的立场向债权人说明

白。然而，我对欧也妮小姐非常敬重——当初我们处境不错的时候，曾向她提过亲——所以在您还没有对她谈此事之前先不要采取行动……

念到此，欧也妮冷冰冰地把信还给德·格拉森夫人，说："谢谢您，以后再说吧……"

"您此刻的声音太像您去世的父亲了。"德·格拉森夫人说。

"夫人，您还有八千金法郎要付给我们呢。"娜侬对她说。

"有这么回事，请随我来，高尔努瓦利埃夫人。"

"神甫先生，"欧也妮已胸有成竹，便很冷静地说，"婚后仍保持童身是不是罪过？"

"这是一个道德问题，我暂时还回答不了。要是您想知道著名的桑切斯在他的《婚姻简论》中是怎么说的，明天我可以告诉您。"

神甫告辞了，葛朗台小姐上楼在她父亲的密室里待了一天，到吃晚饭时也不肯下来，尽管娜侬催促再三也无济于事。直到晚上她那小圈子里的常客都来了之后才露面。葛朗台家的客厅从没有像这天晚上那么拥挤不堪。查理的再现和他愚蠢的背信弃义的消息在全城不胫而走。他不管客人们的好奇心有多大，仍然满足不了。早就料到这一点的欧也妮，沉着冷静的脸上没有流露出丝毫令她心神不安的残酷情感。对那些想以伤感的目光和言语向她表示关切的人，她则报以甜甜的微笑。她最终以彬彬有礼的面纱掩盖了她内心的痛苦。九点左右，牌打完了，玩牌的人离开桌子，一边相互付钱，一边议论最后几局威斯特，随后都加入到聊天的圈子里。就在大伙都起身离开客厅时，一个戏剧性的变化出现了，它震撼了索木尔，由此波及到全区，进而到周围四省。

"请留步，所长先生。"欧也妮看见德·蓬丰先生拿起了手杖，便对他说。

听到这话，满屋的人都吃了一惊。所长只好坐了下来。

"千万家产归所长了。"德·格里波古尔小姐说。

"这是明摆着的，德·蓬丰所长要娶葛朗台小姐了。"德·奥

尔松瓦尔夫人叫道。

“这才是最好的一张牌。”神甫说。

“这才是完美的结局。”公证人说。

每个人都说自己想说的，每个人都在玩文字游戏，所有的人都看见欧也妮高踞于千万家产之上，犹如高踞于宝座之上。开场九年的戏演完了。当着全索木尔城的面请所长留下，这不就是宣布她愿意成为他的妻子了吗？在小城市里，礼节是极严格的，类似这种违反常规的行动就是最庄重的诺言。

“所长先生，”客人们告辞后，欧也妮激动地对他说，“我知道您为何喜欢我。您要发誓，在我今后的生活中给我以自由，不要向我提起婚姻给您的任何权利，那么我就嫁给您。噢！”看到他跪倒在自己面前，她接着说，“我的话还没说完呢。我不会欺骗您，先生。我心里有一种熄灭不了的感情。友谊是我能给予丈夫的唯一感情：我既不想伤害他，也不想违背我心中的原则。但您只有帮我一个大忙才能得到我的婚约和我的财产。”

“我随时准备为您牺牲一切。”所长说。

“这是一百五十万法郎，所长先生，”她说着从怀里掏出一张法兰西银行一百股的股票，“请您去巴黎，不是明天，不是今夜，而是立刻就走。您去德·格拉森先生家，搞到我叔父所有债权人的名单，把他们召集在一起，把叔父所欠的账以及从欠债之日起直至还账时按五厘计算的利息全部还清，最后请您让他们开个收据，经公证人公证，按规定程序严格办理。您是一位高尚文雅的法官，我相信您的话，我要在您的姓氏的保护下熬过人生的危机。我们要互相忍让。我们相识已久，几乎是一家人了，您总不能看着我受罪吧。”

所长扑倒在有钱的继承人的脚下，既兴奋又忧虑，心怦怦直跳。

“我愿为您肝脑涂地！”他对她说。

“您拿到收据后，先生，”她冷漠地瞧了他一眼说，“您把收据和全部票据交给我堂弟葛朗台，同时把这封信也交给他，您回来后，我会履行我的诺言的。”

所长心里明白，葛朗台小姐之所以答应这门亲事，是出于对爱情的怨恨。因此他急忙按她的吩咐办事，以免两个情人重修旧好。

德·蓬丰先生走后，欧也妮倒在扶手椅里大哭起来。一切都结束了。所长乘驿车于第二天晚上到了巴黎。次日清晨他去了德·格拉森家。法官把债主全部召集到存放债券的公证人事务所里，几乎没有人缺席。尽管他们全是债主，但应该为他们说句公道话：他们都很准时。德·蓬丰所长以葛朗台小姐的名义将欠款连本带息付给他们。付清利息在当时的巴黎商界是最令人震惊的事件之一。所长拿了收据，并把欧也妮付给德·格拉森的五万法郎辛苦费交给他本人后就去德·欧布利翁公馆。他见到查理时正值这位公子哥受了岳父的奚落后回到家里。老侯爵刚才告诉他只有纪尧姆·葛朗台的债务全部还清后女儿才能嫁给他。

所长把下面这封信交给了查理：

堂弟，叔父的债务业已还清，现由德·蓬丰所长送上收据请查收。另一收据系证明我承认此款是您所付。人们风传破产之事……我以为破产者的儿子不大可能娶德·欧布利翁小姐为妻。是的，堂弟，您对我的头脑和行为的评价令我信服：我与上流社会格格不入，我既不懂他们的算计也不懂他们的习俗，您所期望的乐趣我无法给您。您以社会惯例牺牲了我们的初恋，我祝您幸福。我只能将叔父的名誉奉献给您使您得到幸福美满的生活。永别了，堂姐永远是您忠实的朋友。

欧也妮

当这个野心家收到正式的文件时不由得欣喜若狂，所长见状微微一笑。

“咱们都有喜事相告了。”他对查理说。

“啊！您要娶欧也妮了。很好，我很高兴，她是个好姑娘。可是，”他脑子突然一转，问道：“那她很有钱啰？”

“四天前，”所长挖苦地说，“她有近一千九百万，但今天只

有一千七百万了。”

查理瞧着所长，两眼发直。

“一千七百……万……”

“是的，一千七百万，先生。葛朗台小姐和我结婚时，总共有七十五万法郎的收入。”

“亲爱的姐夫，”查理稍许镇定了些，“那咱们可得相互撑腰了。”

“没问题，”所长说，“这里还有一只小盒子，我必须亲自交到您手里。”说着，他把小盒子放在桌上，里面装着梳妆用品。

“喂，亲爱的朋友，”德·欧布利翁侯爵夫人走了进来，根本没注意克律肖，“可怜的德·欧布利翁先生刚才对您说的话，您可别放在心上，德·肖里欧公爵夫人把他的魂给勾去了。我再说一遍，您的婚姻无人能阻拦……”

“是的，无人阻拦，夫人，”查理说，“我父亲过去欠的四百万债昨天已经还清了。”

“用现款吗？”她问。

“连本带息，全部用现款偿还的，我要为他恢复名誉。”

“真傻！”岳母叫道。“这位先生是谁？”她看见了克律肖，凑近查理问道。

“我的经纪人。”他低声回答。

侯爵夫人向德·蓬丰先生傲慢地打了个招呼就出去了。

“我们已经相互撑腰了，”所长拿起帽子说，“再见，堂弟。”

“他在嘲笑我，这个索木尔的混蛋，我恨不得拿剑刺穿他的肚皮。”

所长走了。三天后，德·蓬丰先生回到索木尔宣布了他与欧也妮的婚姻。半年后，他荣任安茹法院的推事。离开索木尔前，欧也妮把珍藏多年的金银珠宝叫人熔掉，加上堂弟的八千法郎，铸成一个金质圣体显供台，并作为礼物赠送给本区教堂，她在那里为他向上帝祷告了不知多少回！欧也妮平日来往于安茹和索木尔之间。她丈夫在一次政治事件中表现了忘我牺牲的精神，升任法院庭长，几年后又当了法院院长，他迫不及待地盼望着大选，以求在国会获得议员的席位，他现在又对贵族院垂涎三尺，那时……

“那时国王就成他的本家了。”娜侬，大个子娜侬，高尔努瓦利埃夫人，索木尔的有产者，在女主人向她谈起今后的荣耀时这样说道。然而，德·蓬丰院长（他终于把克律肖的姓氏废除了）野心勃勃的念头一个也未能实现。在他被任命为索木尔议员八天之后就死了。明察秋毫从不错罚的上帝或许因他工于心计，玩弄法律而惩罚了他。他用这种手段由克律肖从中协助，在未来夫妇的婚约上证明：“倘若将来无嗣，夫妇双方之全部财产，动产与不动产，应毫无例外与保留，一律馈赠，无须再行财产登记之手续。但此举应以不与继承人发生对立为原则，须知上述馈赠系……”这项条款可以成为院长始终尊重德·蓬丰夫人的意志和独处的注脚。女人们一提起院长，就说他是最善体贴的人，对他深表同情，而由此经常谴责欧也妮的痛苦与痴情。她们很会谴责一个女人，其手段也是最刻薄的。

“德·蓬丰院长夫人定是病魔缠身才冷落了她丈夫。可怜的女人！她的病很快会好吗？她究竟得了什么病？胃炎还是癌症？为什么不找医生来看看？这些日子她脸色发黄；她应该去巴黎找有名望的医生诊断一下。她怎么会不要孩子呢？据说她非常爱自己的丈夫，以他的地位，她怎么能不给他留下一个继承人呢？知道吗，这太可怕了。要真是出于任性，那就该受到谴责。可怜的院长！”

鉴于欧也妮生性孤僻，好没完没了地苦思冥想，对周围的事物有敏锐的观察力，又因她的不幸与最后一次教训使她能洞察一切，因此她知道院长希望她早死以便独吞这份巨大的家产，这份家产又因上帝心血来潮把他的两个叔叔——公证人和神甫——召回天国而大幅度增加。欧也妮觉得院长也怪可怜的。上帝为欧也妮报了仇，使丈夫卑鄙的算计遭到了惩罚，他尊重欧也妮毫无希望的恋情，显得若无其事，能维持现状就是最有力的保障。倘若有了孩子，那院长自私的希望、充满野心的快感不就化为乌有了吗？上帝把成堆的金子抛给遭他囚禁的女子，而她对黄金嗤之以鼻，一心向往天国，虔诚善良地活着，满脑子的圣洁思想，暗中不断援助不幸的人们。德·蓬丰夫人三十三岁上守了寡，她是一个年收入达八十万法郎的富有女人，依旧美貌动人，像一个年近四十的女人的美。她的脸白皙、悠闲、镇定，声音温柔、恬静，举止朴实无华。她有痛苦的崇高，有灵魂同社会接触而一尘不染的人的圣洁，但也有老处女的冷漠和外省狭隘生活圈子赋予的平庸习惯。虽然每年有八十万法郎的进项，但她仍然像过去可怜的欧也妮·葛朗台那样生活着，不到父亲从前允许在客厅里生火的日子，她绝不会在卧室里生火，熄火的时间也严格按照她年轻时定的规章办。她的穿着总是同当年的母亲一样。索木尔的屋子，没有阳光、寒气袭人，总是阴森可怕，凄凉伤感，这就是她一生的写照。她小心翼翼地把钱攒起来，要不是她以乐善好施力排外界诽谤，也许还显得她过于吝啬呢。她办了许多慈善事业，一所养老院，几所教会学校，一个设备完善、藏书颇丰的图书馆，每年以此证明某些人指责她吝啬是毫无道理的。她还为装饰索木尔的教堂出了一份力。德·蓬丰夫人——有人戏称她为小姐——受到人们普遍的尊敬。但这颗只为最温柔的感情而跳动的高尚的心仍不得不忍受人类利益的算计。金钱想必把它冷漠的色彩传染给了这个绝世的生灵，使这个感情就是一切的女人也不得不对感情产生了怀疑。

“只有你爱我。”她对娜侬说。

这女人的手抚慰了所有家庭心灵的创伤。欧也妮在善行的陪伴下向天国走去。心灵的伟大使她教育的卑劣和早年生活的习俗变得渺小了。这就是欧也妮的故事，她生活在尘世，又远离尘世，她生来本应成为贤妻良母，却既无丈夫，又无儿女，又无家庭。几天来，她的再婚成了人们议论的话题。索木尔人此刻正关注看她和德·弗罗瓦丰侯爵，这一家人已经开始包围这位有钱的寡妇，就像当年克律肖那伙人一样。据说娜侬和高尔努瓦利埃都站在侯爵一边，但这都是谎言。不管是大个子娜侬，还是高尔努瓦利埃，他们的聪明还不足以懂得尘世间的腐败堕落。

一八三三年九月于巴黎